ラルーナ文庫

発情できないオメガとアルファの英雄

はなのみやこ

三交社

CONTENTS

Illustration

木村タケトキ

発情できないオメガとアルファの英雄

本作品はフィクションです。
実際の人物・団体・事件などにはいっさい関係ありません。

1

まばゆいほどのシャンデリアの光が、パーティー会場を照らし出している。

前世紀の終わり、一人の科学者によって発明された白熱灯は、世界から夜の闇を奪い去った。

都市部の夜は、昼間ほどではないにしても十分に明るくなり、人々の生活時間にも変化が見られた。社交の場が増え、一部の貴族たちは夜な夜なサロンやパーティーを開き、楽しめるようになった。大戦の最中はさすがに自粛していたようだが、大戦が終わった今、そういったパーティーはあちらこちらで開かれているという。

華やかな社交の場は、カイにとって無縁な場所というわけではなかった。

この国ではその家名を誰もが知っている、公爵家の一員だということもあるのだろう。三男であるカイは家督を継ぐことはないとはいえ、公爵家との繋がりを持ちたいと思う人間は少なくなかった。

かつてはパーティーの招待状が自宅に何通も届き、断りの手紙を書くのにも随分たくさんの時間を有した。

文書作成をする電子機器が登場している現在でも、貴族たちはこういった招待状は手書きに封蠟(ふうろう)という伝統的なものを好んで使う。

カイ自身も文字を書くのは嫌いではなかったが、形式的な断りの手紙の多さに当時は辟易(へきえき)していた。

だから、そういったカイに宛てた手紙がほとんど来なくなった現在は随分気楽ではあった。

元々、カイはパーティーというものが苦手だった。

幼い時分、父母に連れられて参加していた頃のパーティーは、いつもよりも豪華な食事が食べられる、同じ年代の子供たちと楽しく遊べる場所だった。自分たちを監視する大人たちの目がない中、広い屋敷の中を自由に動き回ることもできた。

けれど年頃になるにつれ、そういったパーティーの位置づけも変わっていった。

着飾った男女が談笑を行い、相手の機嫌をとりながら様子を窺(うかが)いあう。身に着けている衣装一つをとっても、頭の上から爪(つめ)の先まで値踏みされているようで落ち着かなかった。

そういったこともあり、普段であれば謹んで辞退するところではあるのだが、今回ばかりはそういうわけにもいかなかった。

主催が王族、しかもこの国の国家元首であること、さらにカイが主賓の一人であるため、さすがに断ることはできなかったのだ。

先ほどカイは、バーチュー勲章をニケルナ女王から賜った。

国土の大半が海上に面し、海上貿易で栄えたブルターニュ王国は世界のどの国よりも先んじて機械革命に成功していた。

近代化により、蒸気機関や空を飛ぶ飛行船、さらに海上輸送機器の開発が進んだ。

ニケルナが即位してからの十年でますます国は発展し、つい先日まで行われていた世界大戦の勝利により、その地位を盤石なものにした。

バーチュー勲章は、軍事や科学、芸術といった様々な分野で国の発展に貢献した人物に与えられる勲章だ。

カイがこの勲章を得たのは、科学分野に関するもので、それは世界大戦でも活躍した戦闘機の改良を行ったことに依(よ)るものだ。

機械革命により人々の生活は随分便利になったが、それにより戦闘兵器もまた進化を遂げ、戦場はこれまで以上に凄惨(せいさん)なものになっていった。

元々は航空機の開発をしていたカイが戦闘機にも携わるようになったのも、数日で終わると予測された大戦が数年にも亙(わた)り長引いてしまったことにある。

敵国の戦闘機をどれだけ効率よく撃ち落とせるか、攻撃能力を高くすることに他の科学者たちが躍起になっていった。けれどカイが尽力したのは、自国のパイロットの生還率を高めるための戦闘機の改良だった。

当初は軍の上層部に難色を示されたが、戦闘機はいくらでも開発できるが優秀なパイロットの育成には訓練期間も費用も必要だ。そんなパイロットたちを生還させた方がずっと効率が良いというデータを示せば、軍の納得も得ることができた。

実際カイが戦闘機の改良を行ってからは、パイロットの戦闘中の死亡率は軒並み下がり、それは大戦の勝利にも繫がった。

だからこそ、勲章も辞退することなく受け取ろうと思ったのだが。

……やっぱり、こういった場は慣れないな。

長い間、社交の場に出てこなかったのもあるのだろう、貴族たちの中には顔や名前を知った人間も多いが、皆どこかカイのことを遠巻きにして見ている。

さらに、聞きたくないような会話も、先ほどからちらほらと耳に入ってきていた。

「あら珍しい、ウィンスター公爵のご子息がいてよ。相変わらず美しいわね」

「バーチュー勲章を受けたたって話だからな。女王陛下の手前、出ないわけにはいかなかったんだろう」

後方にいた男女のグループが、楽しそうにカイのことを話題にし始めた。

「美しいだけではなく聡明なのね。王太子殿下も、勿体ないことをしたと思ってるんじゃないかしら？」

「それはないだろう、なんというか彼はオメガだが……なんだろう？」

「いや、かえっていいじゃないか。妊娠の心配もなさそうだし。愛人にはうってつけだ」

こちらに聞こえていないとでも思っているのか。それともわざと聞かせようとしているのか。

以前のカイ、それこそ十代の後半の頃であればショックを受けたであろう彼らの話も、二十代も後半に差しかかれば聞き流すことは容易かった。

言いたい人間には、好きに言わせておけばいい。

しかしだからといって、不快に思わないわけではない。

既に女王陛下への挨拶は終えたのだし、そろそろ暇をもらってもいいだろうか。

盛り上がりを見せているパーティーは、カイが一人いなくなったところで気にする人間もいないだろう。そう思いながら、ふと窓の外に視線を向ければ、夜空にゆっくりと銀色の長球が進んでいくのが見えた。

闇夜に浮かぶその姿に、思わずカイは目を細める。

まるで……光の船だ。

「あの」

飛行船に目を奪われていたからだろう。最初カイは、その声が自分にかけられたものであることがわからなかった。

「あの、すみません！」

る。

「は、はい」

先ほどよりも、少し大きな声が聞こえ、弾かれたように慌てて声のした方に視線を向ける。

そこには、カイよりも上背のある逞しい青年が笑みを浮かべて立っていた。

軍服の上からでもわかるほどに胸板は厚く、金に近い明るい茶色の髪は上品な光を帯びている。瞳の色は薄い青色で、十分美男子の部類に入るだろう。

士官の礼装を着た青年は身なりこそきっちりとしていたが、表情にはまだあどけなさが残っていた。カイ自身は実際の年齢よりも若く見られることもあるが、おそらく青年の方が年下のはずだ。

「あの、何か……」

用ですかと、聞こうとすれば、カイが言い終わる前に青年が言葉を続けてきた。

「ウィンスター博士ですよね？　バトラックスの改良を行った」

バトラックスは、カイが改良した戦闘機の呼称だ。

「ええ、そうですが」

「やっぱり！　俺、大戦ではバトラックスに乗っていたんです！　戦場ではあの機に何度も助けられました」

顔を赤らめた青年が、興奮したように言う。なるほど、彼は戦闘機のパイロットだったのか。

今日のパーティーは貴族たちだけではなく、大戦の功労者も多く招かれているはずだ。大戦の勝利は空中戦が大きく作用したという話であるし、おそらく彼も何かしらの勲章を得たのだろう。

「そうだったんですか……」

他の受章者の名前を確認しておけばよかった。誤魔化すようにカイは愛想笑いを浮かべた。

「俺も学生時代は機械工学に興味を持っていたんです。いつかお会いしてみたいと思ったんですが、まさかこんなに早く会えるなんて！」

「こちらこそ、そんなふうに言ってもらえて光栄です……」

青年の勢いに圧倒されながらも、なんとかカイが笑みを浮かべてそう言えば、青年はハッとしたような表情をし、姿勢を改めた。

「すみません。お会いできて嬉しかったとはいえ、あまりに不躾でした。ヒューゴ・ラッドフォードです。軍では大尉を務めています」

「カイ・ウィンスターです。ラッドフォードということは、もしかしてラッドフォード公爵の？」

「はい！　とはいえ、俺は三男なので公爵位は一番上の兄が継ぐ予定ですが」

ヒューゴはそう言うと、少し照れ臭そうに笑んだ。

快活ではあるが粗野には見えず、どことなく品があるのは公爵家の出だからだろう。ラッドフォード公爵の末の息子は隣国に長く留学しているという話を聞いたことがあった。だから、カイのことも何も知らないのかもしれない。

「だけど、驚きました。ウィンスター博士はお若いとは聞いていましたが、まさかこんなにきれいな方だったなんて」

「え……」

ヒューゴは少し照れたように首を傾げると、カイのことを夢見るような瞳で見つめる。

「バトラックスって、傲慢な女って意味じゃないですか。だけど、ウィンスター博士は女神のような美しさだ」

世辞ではなく、本気でヒューゴがそう言ってくれていることはその瞳を見ればわかる。

外見に関しては、過去に幾度もこんなふうに賞賛を得てきた。嬉しくないわけではないのだが、どう反応すればよいのか困ってしまう。

だけど、女神って……。

十代の頃であれば、まだ線も細く女性に見えないこともなかったが、二十代も半ばとなった今はさすがにそんなことはない。

「過分な言葉を、ありがとうございます。ラッドフォード大尉も、とても素敵ですよ」

無難な言葉を返したつもりだったのだが、ヒューゴの目つきが目に見えて変わった。

「嬉しいです。あなたのような美しい方にそう言っていただけるなんて……実は、こんなふうに自分から誰かに話しかけることなんて滅多にないんです」

距離を詰められ、ヒューゴが自然な動作でカイの手を取った。表情にはあどけなさを残すわりに、そのスマートさに面食らってしまう。

「カイと呼んでも？」

微笑むヒューゴに対し、カイは一瞬目を瞬かせたが、すぐに口元に小さな笑みを浮かべてやんわりと手を離す。

「かまいませんが、おそらく私の方が年上だと思いますよ？」

「え？」

カイの台詞に、今度はヒューゴの方が面食らったような顔をする。

「そうだな、カイはお前が陰でオッサン呼ばわりしている俺の一つ下だからな」

二人の間に入ってきた第三者の声に、カイは驚きとともに聞こえてきた方へ顔を向ける。

「フォ、フォークナー大佐！」

目の前のヒューゴが、思いっきり顔を引きつらせた。

「マテウス……」

カイは声をかけてきた男性の姿をとらえると、呟くようにその名を呼んだ。

ヒューゴ以上に上背のある長身に、逞しい身体。凜々しい顔立ちに甘さはないが、同じ男のカイでも見惚れるほどの美丈夫だ。

漆黒の軍服を身に纏った姿は、この会場の誰より目を引いた。

マテウス・フォークナー。空軍大佐となった青年は、カイの学院時代の一つ上の先輩であり、旧友でもあった。

旧友、とカイは思ってはいるものの、マテウスの方はそう思っているかはわからない。幾度も話したことがあるとはいえ、その際にマテウスのカイへの対応は、おおよそ穏やかなものとは言えなかったからだ。穏やかどころか、むしろ嫌われていたのではないかと思うほどに。

だから、目の前にいるマテウスを認識した時にも、嬉しさよりも戸惑いの方が大きかった。

「久しぶりだな、カイ」

けれど、そんなカイの心境とは裏腹に、マテウスは穏やかな笑みをカイへと向けてきた。それこそまさに、久方ぶりにかつての友に会えて、嬉しいというような。

「うん、久しぶり」

だから、素直にカイもマテウスに笑みを返すことができた。

「マテウスの活躍は聞いてるよ。空の戦神、マテウスが指揮した部隊の勝率は他の部隊と

は桁違いだったって」

「たまたま運が良かっただけだ。あと、機体の改良もな？」

意味深な笑みを向けられ、こそばゆい気持ちになる。おそらく、マテウスも戦闘機の改良を行ったのがカイだということを知っているのだろう。

「え？　カイとフォークナー大佐はお知り合いなんですか？」

二人の世界になってしまっていたことが、面白くなかったのだろう。慌てたようにヒューゴが口を挟んできた。

「マテウスは学院時代の一級上の先輩なんですよ」

カイが説明すれば、納得したようにヒューゴが頷いた。さらに。

「そうなんですか？　フォークナー大佐、水臭いじゃないですか。ウィンスター博士とご友人で、しかもこんなに美しい方だったなんて聞いてないですよ」

「お前に話す義理はないし、そもそも大戦が終わってから夜会で片っ端から貴族の姫君と浮名を流しているお前には、必要ない情報だと思うが？」

マテウスの言葉に、これ以上ないほど思い切りヒューゴが顔を引きつらせた。やはり先ほどの動作を見ての通り、ヒューゴはかなりの場数を踏んでいるようだ。

カイからすればおおよそ予想がついていたことではあるのだが、なぜかヒューゴは焦ったようにカイを見つめてきた。

「ち、違うんですカイ！　ちょっとフォークナー大佐が大袈裟に言っているだけで……」

あたふたと身の潔白を説明しようとするヒューゴの様子がおかしくて、思わず口元を押さえてしまう。

そこでふと、カイは自分たちに対し周囲の視線が集まっていることに気づく。

カイ一人でも比較的目立つ方ではあるが、今を時めく戦闘機のパイロットが二人もいるからだろう。それこそ、若い貴族の女性たちは今か今かとばかりに二人に話しかける機会を狙っているようだ。

ヒューゴに話しかけられたことで留まってしまったが、元々は帰宅の途に就こうとしていたのだ。自分は退散した方がよいだろう。

「すみません。せっかく話しかけていただいたんですが、僕はそろそろ……」

カイの言葉に、マテウスも周りの様子に気づいたのだろう。

「ああ、ちょうどよかった。俺もたまたま帰ろうとしていたんだ。カイ、よかったら送っていく」

「は？」

声を出したのは、カイよりもヒューゴの方が先だった。

「じゃあ、俺も……」

「お前は女性たちの相手をするのに忙しいだろう？」

後は任せたとばかりにマテウスはヒューゴに対して微笑むと、そのままカイの肩に手をまわして歩くよう促した。

「で、では……」

とりあえずヒューゴに声をかけたものの、マテウスの足は速く、ヒューゴの返答を聞く前にその場から移動することになってしまった。

ちらりと後ろを振り返れば、未練がましくヒューゴは自分とマテウスを見つめていたが、そうこうしている間に若い女性たちに取り囲まれてしまっていた。

少し可哀(かわい)そうな気もするが、マテウスの話では女性の対応は慣れているようだし、問題ないだろう。

マテウスに肩を抱かれたまま、カイはパーティー会場を後にすることになった。

「よかったの？　今日の主役が」

パーティー会場にいた人間の多くは、マテウスを一目見たい、あわよくばお近づきになりたいと思っていたはずだ。

「女王陛下への挨拶は終えたし、かまわないだろ」

けれど、当のマテウスはそういったことには一切興味がないようだ。相変わらず、我が道を行っているなあと感心する。

「それより、えっと……？」

会場の外に出てもなお、自分の肩に手を添えているマテウスに目線を送れば、

「ああ、悪い」

ようやくそこで、マテウスの手が離された。他意はないとはいえ、マテウスに肩を抱かれている間、少しばかりドキマギしてしまった。

よく知った相手であるとはいえ、学院時代よりさらにマテウスが魅力的になっているからだろう。横に並べば、かつてあった身長差がさらに開いたことも実感する。

そういえば、大戦の功労者であるというのに、マテウスに一度も慰労の言葉をかけていなかった。今後会う機会はあるのかわからないし、この場で言っておこう。

そう思ってカイがマテウスへと視線を向ければ、当のマテウスは目の前にあるエレベーターの上のボタンを押していた。

「え？」

ホテルのエントランスは勿論一階だ。てっきりこのまま帰ると思っていたカイが意外に思って声を出せば。

「せっかく久しぶりに会えたんだ。もう少し話をしていかないか？」

マテウスの言葉に、カイは元々大きめなその目をさらに見開いた。

「……急ぎの用事でもあるか？」

すぐに返答をしなければ、重ねるようにマテウスが問いかけてきた。

深い海を思わせる青色の瞳は、カイの様子を窺うようにこちらを見ている。

「いや、ないよ。そうだね、僕もマテウスと話したいと思ってた」

その言葉に嘘(うそ)はなかったが、かといって心からの本音というわけでもなかった。

マテウスと話したいという気持ちはカイにはあったが、マテウスが自分と話したがるとは思いもしなかったからだ。

「よかった。上の階に、いいラウンジがあるんだ」

カイの言葉に、ホッとしたようにマテウスが口元を緩めた。こんな表情をマテウスから向けられたことなどなかったため、カイの胸は高鳴った。


最上階で止まったエレベーターを降りれば、エレベーターに乗ろうとした初老の紳士が目ざとくマテウスに気づいた。

「マテウスじゃないか」

呼び止められたマテウスが足を止め、紳士の方に顔を向ける。

「ああ、お久しぶりです。ブルックナーさん」

「はは、国の英雄に対し気やすすぎたかな。フォークナー大佐とお呼びすべきだろうか?」

「揶揄わないでください。マテウスでいいですよ」

気難しそうに見えた紳士は、気さくな様子でマテウスに微笑みかけ、顔の皺をより深くした。

紳士が名を呼んだことで、通りがかった人間もマテウスの存在に気づいたのだろう。失礼にならない程度に、ちらちらと視線が向けられていた。

……学院時代を思い出すな。

学院時代から、マテウスの存在は多くの学生から注目を浴びていた。注目を浴びるだけではなく、人気もあった。学院内で見かけた時には、いつも他の生徒たちに囲まれていたように思う。

そんなマテウスは、今や学院内だけではなく国中の注目を浴びている。

「ああ、お連れがいたんだね。時間をとってしまって、悪かったね」

いくつかの会話のやり取りをした後、紳士は少し離れた場所で待っていたカイの存在にようやく気づいたようだ。視線を受け、目礼をすれば、穏やかな微笑みを返された。

その後、紳士にこっそりと耳打ちをされたマテウスは、「まあ、そんなところです」と、珍しく照れたような反応を見せていた。

「悪い、家族ぐるみで古い付き合いのある人だから、素っ気なくするわけにもいかなくて」

紳士がエレベーターに乗ったのを見送ると、少し申し訳なさそうにマテウスが言った。

「それはいいんだけど」

家族ぐるみ、ということはおそらくマテウスの父の事業が関係しているのだろう。

紳士は貴族ではないようだったが、着ているものはかなり上等なものだった。

「そういえば、実家の事業はマテウスが継ぐの？」

「いや、それはもう弟に任せた」

歩きながら、目的地であるラウンジへ向かう。赤と黒を基調にしたアンティークなバーラウンジの中は、人がまばらにしかいなかった。けれど、かえってそれが贅沢(ぜいたく)な空間を作り出していた。

ウエイターに、王都の夜景が一望できる窓際の席へと案内される。

「カクテルでいいか？」

マテウスに聞かれ、目の前に用意されているメニュー表を眺めてみる。知識として名前は知っていても、飲んだことがない酒ばかりだ。

「詳しくないから、任せてもいいかな？」

「わかった。あまり強くないものにしておく」

「ありがとう」

マテウスが注文をする間、カイは目の前に広がる夜景に目を奪われていた。宝石を散りばめたような王都の夜景を、こんなに高い場所から見るのは初めてだった。

「酒はあまり好きじゃなかったか？」

ウエイターがいなくなると、マテウスがカイに声をかけてきた。

「え？」

「詳しくないって言っていたから」

確かに、貴族ともなれば夜会に招待されることも多いため、自然と酒の味は皆覚えるはずだ。

「そんなことはないんだけど。一時期、主治医からも止められてたんだ。身体になるべく負担をかけないようにって」

まあ、あんまり意味がなかったみたいだけど。

カイがそんなふうに言えば、マテウスの表情が目に見えて曇った。その顔を見れば、マテウスは自分の事情をすべて知っているのだろうと察した。

カイにだってプライドはある。同情されるのは好きではなかったが、不思議とマテウスのそういった表情は嫌な気持ちにならなかった。

「その……最近、聞いたんだ。エリックのこと……。大戦が始まってからは、ほとんど王都を離れていたから」

いつもなら、気持ちの良いくらいにはっきりと言葉を紡ぐマテウスの歯切れが、珍しく悪かった。

「気を使わなくていいよ、もう三年も前のことだし」

三年前、カイは婚約者だったエリックとの関係を解消した。

王太子の婚約破棄は、一部の貴族たちの間ではセンセーショナルな話題として伝わったが、大戦の最中だったのだ。新聞の片隅にこそ載ったものの、多くの国民の関心を受けることはなかった。

大戦が始まったのは四年前のことであるし、マテウスの耳に入っていないというのもおかしな話ではないだろう。

「だが……どうして！　エリックは、お前との結婚を誰より望んでいたはずだろう？」

「うん、最後までエリックは婚約破棄に反対してくれてた。周りのことは気にしなくていい、自分が説得するからって」

「だったら……！」

「だけど、無理だよ。エリックは王太子なんだから、やっぱり子供が必要で。ヒートの来ない僕はエリックの妃として相応(ふさわ)しくない」

カイの言葉に、マテウスが息を呑(の)んだのがわかった。まるで自分が傷ついたようなマテウスの表情に、気まずくなる。

この国にバース性の存在が確認されてから、既に数百年以上が経っていた。そして第二の性とも呼べるバース性には、三つの性が存在する。

ごく一部の、知力体力ともに優れた才覚を持つものが多いアルファ。

人口の大多数を占める、所謂一般的な人々であるベータ。

そして少数派であり、定期的にヒートと呼ばれる発情期が存在するオメガ。オメガの大きな特徴として、男性でも妊娠ができるという点があった。

定期的に起きるヒートの影響で、お荷物扱いをされることも多かったオメガだが、医療の発達に伴い抑制剤が開発された今はそういった偏見は徐々に減ってきている。

むしろ、オメガは強いアルファの子を産む可能性が高いこともあり、最近ではオメガの子が生まれた場合、国が丁重に保護していた。

公爵家の三男として生まれたカイは、思春期を迎える頃にバース性がオメガだと診断され、王太子であるエリックの婚約者として選ばれた。

エリックはアルファだという診断を受けていたし、結婚の相手はオメガから、というのはエリックの母であるニケルナの願いでもあった。

家柄に問題がなかったことは勿論だが、元々エリックの学友として選ばれていたカイが、エリックに気に入られていたこともあるのだろう。エリックに恋心を抱いていたのかと聞かれれば、本音を言えば頷くことはできない。それでも、優しい幼馴染のことがカイは好きだった。

けれど、十代の後半、遅くとも成人する前には来るといわれるヒートが、カイに来ることはなかった。

ヒートがなければ、オメガであっても妊娠の可能性は著しく低くなる。

気にすることはない、二十歳を迎えてからヒートが来た事例だってある。

十代の後半になってもヒートが来ないことを気にするカイに、エリックはそんなふうに言って慰めてくれた。

けれど、二十歳になっても、そして大学を卒業してもカイにヒートが訪れることはなかった。

「そんな顔しないでよ。確かに、エリックには申し訳なかったと思うよ……婚約者が、役立たずのオメガだったんだからさ」

マテウスとエリックは学院時代からの親友で、学内でもいつも一緒にいた。

マテウスは貴族の出でこそなかったが、国一番の資産家の息子で、文武両道に秀でていたため、王太子であるエリックと並び立っていても全く遜色がなかった。

裏表のない、さっぱりした性格だからだろう。誰に対しても、それこそ相手が貴族でも平民でも、忌憚なく発言するマテウスに眉を顰める人間もいたが、ほとんどの生徒からは慕われ、憧憬の眼差しを向けられていた。

エリックもおそらく、マテウスのそんなところが気に入っていたのだろう。

王太子であるエリックに対し、色眼鏡（いろめがね）で見ることなく対等な立場で接してくれる人間など、ほとんどいなかったはずだ。

マテウスもエリックのことは気に入っていたようだし、無二の親友の婚約が解消されたということに、何かしら思うところはあるのだろう。

だから、そんなふうに敢（あ）えて軽い口調で言ったのだが。

「……そんなふうに、言うな」

「え？」

「役立たずとか、自分のことをそんなふうに言うな。不愉快だ」

「……ごめん」

そこまで深い意味はなかったのだが、確かに聞いていて気分の良いものではなかっただろう。素直に謝罪の言葉を口にする。

「いや、俺も言いすぎた」

カイの言葉に、すぐにマテウスは決まりが悪そうな顔をした。さらに。

「そもそも、オメガの役割は子を産むことだけじゃないだろう？　オメガであるお前が、バーチュー勲章を受けたんだ。多くのオメガが、希望を持ったはずだ。お前はもっと自分を誇るべきだ」

ヒートがないとはいえ、オメガは元々体力もアルファやベータに比べると劣っていることが多い。

口には出さないが、カイ自身できうる限りの努力はしてきたし、たくさんの時間を研究に費やしてきた。

自分よりも優秀なアルファやベータだって皆努力をしているのだ。オメガである自分は、その倍は頑張らなければならないと、そう思っていた。

だから現在の職場に配属になってからは休む間もなく仕事に没頭していた。

「ありがとう、マテウス」

気がつけば、そう口にしていた。

カイ自身の努力を、他でもないマテウスが認めてくれたということが、とても嬉しかった。

にやけてしまいそうになる頬を引き締めようとしても、自然と緩んでしまう。

マテウスは、そんなカイを見てわずかに切れ長の目を見開いたが、同じように穏やかに微笑んだ。

ちょうどその時、先ほどのウエイターが二人分のグラスと、ちょっとした軽食を持ってきてくれた。

カイの前に置かれた水色のカクテルは、空のようなきれいな色合いをしていた。

グラスをカイが手に取れば、同様にグラスを持ったマテウスの視線を受ける。

そうだ、せっかくなのだから乾杯をしなければ。そう思ってカイがグラスをマテウスに向けると、マテウスが自身のグラスを近づけ、小さな音が聞こえた。

「お互いのバーチュー勲章に？」

カイが笑ってそう言えば、マテウスがわずかに眉を顰めた。何か、間違ったことを言ってしまっただろうか。

「それもあるが……それより、再会を祝して？」

マテウスにしてみれば、さり気ない一言だったのだろうが、カイの中に温かいものがこみあげてくる。

マテウスにとっての自分が、再会を嬉しいと思える存在だということに、何よりの嬉しさを感じた。

口にしたカクテルも口当たりがよく、すっきりとした味わいだった。

「美味しい」

思わずそう呟けば、マテウスがその瞳を細めた。

飲み慣れていないのもあるのだろう。それほど強くない酒なのだろうが、ふわふわとした楽しい気分になってくる。

「王都の夜景って、こんなにきれいだったんだね……」

窓の外を見ながらそう言えば、

「こういった店にはあまり来ないのか？　まあ、研究でそれどころじゃなかったか」

「それもあるけど……たくさんの人間が前線で戦っている時に、何かを楽しみたいとはとても思えなかったんだよね」

とにかく、一刻も早い戦争の終結を。そのためには勝利を。そればかりを願う日々だったと言っても過言ではない。

だから、戦費を募るためとはいえ、時折パーティーを開いている貴族たちにもあまりいい気分がしなかった。

「……エリックは惜しいことをしたな。おそらくお前は、誰より国母として相応しかった」

「え？」

酔いが回ってきているのだろうか。呟いたマテウスの言葉も、聞き取ることができなかった。

「いや、なんでもない」

首を振るマテウスの顔を、改めて見つめてみる。外見こそ大人びてはいるものの、まっすぐな気性はあまり変わっていないようだ。

「戦争が終わってよかったけど、失ったものは大きかったよね」

貴族が多く在籍する学院だったからだろう。従軍した中に友人や知人は多かったし、訃報が入ってきたこともあった。

　この戦争に大義があることは理解していても、それでも友人の死を知った時には憤る気持ちが抑えられなかった。

　犠牲になった人々のために、一刻も早い勝利を。開発に没頭したのも、それが理由なのかもしれない。

「そうだな。ひどい戦争だった」

　ハッとして、顔を上げる。そうだ、つい先日までマテウスは死と隣り合わせの場所にいたのだ。凄惨な現場だって見てきたはずだ。それこそ、目の前で自軍の兵士たちが死ぬ場面も。

　そんなマテウスが発する言葉だったからこそ、さり気ない言葉にも重みがあった。

　そして、その表情を見て思う。変わっていないように見えたが、やはりマテウスの中で変わった部分はある。

　あの頃よりも穏やかな表情を見せるようになったのも、おそらく戦地での経験が影響しているのかもしれない。

「だけど、よかった。マテウスが無事に帰ってきてくれて」

　頭がぼんやりとしていることもあるのだろう。思ったことをそのまま口にすれば、マテウスはなぜか驚いたような顔をしてこちらを見た。

「……そうだな、生きて帰ってきたからこそ、お前にも会えた」

「こうやって、二人でお酒だって飲めるしね」

とてもいい夜だった。店内に流れる音楽が微かに聞こえてきて、ますますいい気分になってくる。ただ、やはり酒を飲み慣れていないからだろうか。なんとなく、意識がぼんやりとしてくるのがわかる。

「カイ」

マテウスが自分を呼ぶ声が優しく聞こえるのも、そのせいだろうか。

「なに？」

「俺と、結婚するか？」

結婚、という言葉は思考が鈍っている頭の中にもしっかりと響いた。

マテウスの顔を、まじまじと見つめる。マテウスもまた、カイのことをじっと見つめていた。

……マテウスも、酔ってるのかな。

「あはは、嬉しいな。国の英雄からプロポーズされるなんて光栄だよ」

軽口でそう言えば、マテウスはなぜかムッとした顔をした。カイがよく知るマテウスの表情だ。

「お前、冗談だと思ってるだろう」

マテウスの声色はどこか不機嫌そうで、懐かしい記憶が蘇ってくる。

あの頃、自分を見ている時のマテウスはなぜかいつも面白くなさそうだった。

まるでカイなどそこにいないかのように扱いながらも、時折マテウスからの視線を感じていたことをよく覚えている。

こんなふうに向かい合って酒を飲む日が来るとは思わなかった。

「冗談じゃないよ、嬉しいよ」

笑いながらそう言えば、マテウスはますます眉間に皺を寄せてしまった。

ああ、今日は本当にいい夜だ。

目の前のグラスに残った酒をゆっくりと飲み干す。

「あ、おい、カイ!?」

急に眠気が出てきたのか、瞼が重くなっていく。

マテウスの声が、遠くに聞こえた。

2

広い机の上に置かれた紙に書かれた、戦闘機の設計図。

端に積まれたたくさんの書類には、幾度も行われたテスト飛行の記録が書かれている。

文書作成機械の発達とともに、紙で書くという作業は少なくなりつつあるが、カイは自分の手で紙に文字を書くのが好きだった。

文字だけではなく、設計図すら自分の手で書いているのだが、如何せん場所を取るため他の研究所の職員からは煙たがられている。

けれど、実際に紙に書いたからこそ戦闘機の改良点も見つかったのだとカイは思っている。

勿論、紙に書くだけではなく、実際の機体に触れるため、飛行場へも何度も足を運んだ。

速度ばかりが重視される戦闘機は軽量化が進んでいたが、エンジンを変えることにより、速度を維持したままより安全な機体に作り替えることができた。

電子計算機の画面で見つめるだけでは、改良点は見つからない。

ただ、カイのように考える研究者は少ないようで、ほとんどの研究者は電子計算機の揃った利便性の良い部屋で過ごしている。

カイが戦闘機の改良を行い、それを評価されて勲章を得た今も、それが変わることはない。特に今日は休日ということもあり、研究所に出てくる人間はほとんどいなかった。

カイ自身も急ぎの仕事があるわけではなかったのだが、なんとなく家にいるよりは研究所にいる方が落ち着いた。

「カイ……電話くらい出たらどうだ？」

ノックの音とともに、うんざりしたような声が聞こえてくる。

「オーリー」

カイが名前を呼べば、すらりとした長身のオーリーが肩をすくめた。

学院時代からの同級生のオーリーはカイにとって一番身近な友人であり、現在はカイの助手も務めてくれている。

派手さはないが、顔立ちは整っているし、理知的な外見は昔から女性にも人気があった。視力があまり良くないため、学生時代からかけている眼鏡により、かえって知的さが増しているように見える。

それこそ、カイよりもよっぽど研究者に見えるだろう。事情を知らない人間は、オーリーとカイが一緒にいるといつもカイの方を助手だと思うようだ。

今日は休日なので、オーリーは白衣を身に着けていなかった。

だ。

「ああ、ごめん。そういえば電源を切ったままだった」

最近普及し始めた移動電話はコードがついていない、言葉の通り持ち運びができる電話なのだが、交友関係は広くもないためこれまでほとんど鳴ることはなかった。

カイが夜遅くまで研究所に籠っていることもあり、心配した母親に持たされたものなのだけれど、バーチュー勲章を獲てからというもの、カイの周りはにわかに忙しくなった。

新聞社や雑誌社からのインタビューの依頼だけではなく、疎遠になっていた者たちからも電話がかかってくるようになったのだ。

最初の頃は対応していたのだが、埒が明かないと最近はもっぱら電源を切っていた。

「全く、出張から十日ぶりに帰ってみれば……」

昨日まで、オーリーは学会のために地方都市へ出張していた。元々はカイが行くはずだったのだが、パーティーに出席するためにオーリーに代理で出てもらっていたのだ。

オーリーが、手に持っていた紙袋をカイにアピールする。カイが首を傾げれば。

「そろそろ、昼食の時間だろう。一緒に食べようと思って買ってきたんだ」

「もうそんな時間か……ありがとう、助かる」

「まあ、研究者の健康管理も助手の仕事ですし？」

言いながら、オーリーは机の上に積まれた書類の整理を始め、食事ができる場所を作ってくれる。

オーリーが買ってきたのは、王都で人気のベーカリーショップのサンドイッチだった。これなら資料を読みながら食べられると思えば、自然な動作で手に持っていた資料を取り上げられてしまった。

「昼くらいゆっくり食べろよ。だいたい今日は休日だろう？」

それなら自分だってそうだというのに、わざわざ研究室まで足を運んでくれるオーリーもたいがいお人好しだ。

「科学技術の進歩は、休日だからって待ってくれないからね」

サンドイッチを口にしながらそんなことを言えば、オーリーはますます呆れた顔をした。

「研究者としては最高峰のバーチュー勲章をもらったっていうのに、本当にお前は変わらないな」

「あれは僕の成果っていうより、バトラックスを乗りこなしてくれたパイロットたちのお陰……あ」

「何？」

カイは、少し前のめり気味にオーリーに話しかける。

「こないだのパーティー、女王陛下主催の。そこで、マテウスに会ったんだ」

「……マテウス？」

オーリーが、怪訝（けげん）そうな顔でカイを見つめてくる。

「そう、えっと覚えてない？　僕たちの一級上で、今はそれこそバトラックスのパイロットとしてバーチュー勲章を獲た……」

「いや、それはわかるけど。今この国でマテウスの名前を知らない人間はいないだろう」

少し興奮気味にカイが話し始めれば、やんわりとオーリーから止められる。

「あ、それもそうか」

「それで？　マテウスと会ってどうしたんだ？」

止まってしまった会話の続きを話すよう、オーリーが促す。

「それがさ。もう八年？　いや、もっとかな。とにかく久しぶりに会ったんだけど、マテウスが前より優しくなってたんだよ」

嬉しさを隠しきれずにカイが言えば、オーリーの眉間に皺が寄った。

「……優しく？」

「そう。ほら学院時代、僕はあまりマテウスによく思われてなかっただろう？　話しかけても、いつも素っ気なかったし。当時は結構気にしてたんだよね」

婚約者であったエリックと頻繁に一緒にいるため、マテウスと話をする機会はあったが、会話が続いた記憶はほとんどない。

「別に、マテウスはお前のこと嫌ってたわけじゃないと思うけどな……」

オーリーは、珍しく奥歯に物が挟まったかのような言い方をした。

気になったカイが、どういう意味かと聞く前に、オーリーがさらに言葉を続けた。

「それで、大丈夫だったのか？」

「そうだね、色々な話ができたし、楽しかったよ」

思えば、あんなに長い時間マテウスと二人きりで話したのは初めてではないだろうか。

それは勿論、学院時代の自分たちが二人でいることはほとんどなく、そこにはエリックがいたからなのだが。

そういったこともあり、あの夜はカイも浮かれてしまっていたのだろう。後で母親に聞いた話では、ラウンジバーで眠りこけてしまったカイを家まで送ってくれたのもマテウスだったそうだ。

深夜に突然現れたこの国の英雄の姿に、父母は勿論、滅多なことでは動じない執事まで仰天してしまったそうだ。

本当に、夢みたいな夜だったな……。

あの後、一応マテウスにはお礼の手紙を書いたものの、それに対する返事は返ってきていなかった。

ただでさえマテウスは多忙なのだ。返信を期待しているわけではない。それでも、最近は自分宛ての郵便をメイドに渡されるたびに、少しだけ心がそわそわしてしまう。

連絡をしようと思えば他にも手段はあるのだし、それこそ戦地より帰還したマテウスは今は軍の本部にいるはずだ。ここからは目と鼻の先なのだし、会おうと思えば会うことだってできる。

それをしないのは、あの夜があまりに楽しかったため、カイ自身がどこか現実だと思えていないからなのかもしれない。

「さてと、昼食も食べたし仕事の残りを終わらせようかな」

サンドイッチに付属していたペーパーで手をふきながらそう言えば、同様に紙袋を小さくしていたオーリーが困ったような顔をした。

「午後も仕事を続けるのか？」

「来週には、多分大戦のバトラックスのデータが追加で届くはずなんだ。それまでにもう少しここを整理しておきたくて」

「仕方ないな……俺も手伝うか？」

立ち上がったオーリーが、わざとらしくため息をついた。

「え？　悪いよ」

「お前が休日返上で働いているのに、助手の俺が遊んでるわけにもいかないだろう。二人でやれば時間も半分で……」

オーリーの言葉は、最後まで続けられることはなかった。ちょうどその時、トントントンという、少しせっかちなノックの音が聞こえ、思い切りドアが開かれたからだ。

「お兄様！　移動電話の電源はちゃんと入れておいてくださらないと意味がないでしょう！」

若い女性特有の張りのある声が、研究室によく響いた。カイの隣にいるオーリーが苦笑いを浮かべるのが見える。

慣れたように研究室に入ってきた女性は、カツカツと床にヒールの音を鳴らし、長いスカートを翻しながらカイのところまでやってきた。

「ルーシー、ここは機密も多いから関係者以外は基本的に入れないんだけど……」

「だったらこんなところにまで私を来させないでちょうだい！　まあ、働く場所の選択肢としては悪くないとは思ってるけど」

カイの妹であるルーシーは大学の最終学年で、今は卒業後の就職先を探している最中だ。上の兄たちと同様にアルファであるルーシーは優秀で、国の機関からも勧誘を受けているらしい。

アルファとはいえ女性なのだから、早く結婚をと望んでいる母とは、最近はしょっちゅうそれに関して言い合いをしている。

カイがエリックとの婚約がダメになったこともあり、せめてルーシーは早く結婚して落ち着いて欲しいと母が思っているふしがあるため、少しばかり申し訳がなかった。

「ルーシーは研究者には向かないんじゃないかな。その物言いを活かして弁護士にでもなった方がいいんじゃないの？」

「法学には興味があるけれど、そうしたらまた二年学校に行かなければならないでしょ？私は早く自立したいの」

今時の女学生らしいルーシーの勝気な言い分が微笑ましくて、カイの頰が自然と緩む。

「それで？　こんなところにまで来るほどの用事が何かあったの？」

「……オーリー！」

ルーシーが、慌てたようにオーリーの方を向いた。カイと話すことに夢中になっていたため、今の今までオーリーの存在に気づいていなかったようだ。ほんのり頰を赤らめて、どうして教えてくれなかったのだとばかりに視線をカイに向ける。

直接本人の口から聞いたわけではないが、妹は随分長い間オーリーに片思いをしていた。研究室に時折顔を出すのも、カイではなくオーリーが目当てなのだろう。

「そ、そうだった……お父様から伝言を頼まれているの。お兄様はすぐに家に帰るようにって」

小さく咳払い（せきばら）をし、かしこまったようにルーシーが言う。

「今すぐ？　何か緊急の用事でもあるのかな？」

朝が早かったこともあり、家族の誰とも顔を合わせていなかったが、見送ってくれた執事も特に何も言っていなかったはずだ。

思い当たる節はあるだろうかとオーリーに目配せをしてみたが、オーリーも首を傾げるだけだった。

「それはもう、緊急も緊急よ！」

ようやくカイを呼びに来たことを思い出したのだろう。

「結婚の申し込みが来てるの」

興奮気味に言ったルーシーの言葉に、カイは小さく微笑んだ。

「ルーシーへの結婚の申し込みなんて、しょっちゅう来てるだろう？」

今年に入ってから、ルーシーへの結婚の申し込みは何件も来ているはずだ。大学在学中に婚約し、卒業後すぐに結婚する女子学生は未だ少なくはない。ただ、ルーシーはそういった申し出をすべて断っているはずだ。

「私にじゃないわよ！」

けれど、カイの言葉はすぐにルーシーに否定された。

「え？　じゃあ……」

「お兄様に、来てるのよ！　結婚の申し込みが！」

カイの顔を見つめ、はっきりとルーシーが言った。

「え……？」

何かの間違いではないだろうか。あまりに驚いて、カイがなんの言葉も発せずにいると。

「誰から？」

カイの代わりに、オーリーが口を開いた。

「それが、二人から来てるの」

ルーシーの言葉に、ますますカイは驚く。

カイは今年二十六になるため、貴族男性としては適齢期と言っても過言ではないだろう。けれど、オメガはそもそも数が少なく、希少価値が高いということもあり、結婚は皆早い。カイの年齢のオメガは、ほとんどが結婚している。もしカイにヒートが来ていれば、それこそ大学の卒業と同時にエリックと結婚していたはずだ。

この国の貴族は皆カイがエリックの婚約者であったことも、またそれが事情により解消されてしまったことも知っている。

「何かの冗談じゃないのか？　それこそ、相手をルーシーと間違っているとか……」

とても信じられずにそんなふうに言えば、ルーシーが首を振った。

「ちゃんとお兄様の名前が書いてあったわよ」

「一体どこに……」

そんな物好きが、と言おうとして途中で止める。先日、マテウスに言われた言葉が頭を過（よぎ）ったからだ。

わざわざ、自分を貶める言葉を口にする必要はない。

「結婚を申し込んできた二人って？　どこの誰？」

だから、素直に疑問に思ったことを口にした。

「一人はヒューゴ・ラッドフォード。ラッドフォード公爵家の三男だって……知ってる？」

「うん、知ってる……」

パーティー会場で出会った若い男の顔が頭を過った。

確かにカイのことを気に入ったような体を見せていたが、まさか結婚まで申し込んでくるとは思いもしなかった。

「もう一人は？」

相手がヒューゴであれば、さすがに書面で断るわけにはいかないだろう。面倒なことになったと思いながらそう問えば。

「この国の英雄、マテウス・フォークナーよ」

「は……？」

ルーシーの口から出た名前が信じられず、カイは手に持っていたペンをぽとりと落としてしまった。そして、元々大きな瞳をこれ以上ないほど瞠った。

カイの頭の中に浮かんだマテウスは、先日会った穏やかな表情で話しかけてきた彼ではなく、学院時代の、どこか不機嫌そうに自分を見つめていた姿だった。

＊＊＊

生徒がほとんどいない図書館の片隅で、カイは一人熱心に本を読んでいた。

王立学院には二つの図書館があり、新館には放課後多くの生徒が集まってくるが、校舎の端にひっそりと佇(たたず)むこの旧館に来る生徒は少ない。

日当たりもよければ所蔵数も多く、最新鋭の電子機器もある新館に比べ、確かにこの旧館は本を探すのにも少しばかり不便だ。けれど、旧館にも多くの資料はあるし、何より人の目が少ないことがカイは気に入っていた。

この学院で、カイが王太子であるエリックの婚約者であることを知らない者はいない。だから、たとえ一人でいてもカイには自然と他の生徒たちの視線が集まり、気が休まることもない。

些細(ささい)なことでも間違えれば、すぐに王太子の婚約者が、と口さがない生徒たちから批判されるのは目に見えているからだ。

誰に対しても平等で優しいエリックは学院内でとても人気があり、そんなエリックの婚約者であるカイは自然と嫉妬(しっと)の対象にもなる。

おそらくエリックもそれはわかっているからこそ、なるべくカイの側にいてくれるのだろうが。それにより、他の生徒たちのやっかみがさらに増えてしまっている。

言わせたい奴には言わせておこう、そんなふうに思えないのは、カイ自身がどこかでエリックの婚約者であることを荷が重く感じているからだ。

いや、荷が重く感じているのはそれだけが理由ではなかった。

カイは、こっそりとポケットの中にある薬剤を取り出すと、自身のマグの中に入っている水で飲み干した。

水、といっても常温であるため生ぬるく、暑い季節には少しばかり飲みづらかった。

口の中に入れたのは、先日王立病院で検査を行った際に処方された薬だ。

未だヒートが来ないカイを心配した両親に連れていかれ、そこでヒートを促す薬として服用を勧められたのだが、今のところ効果が出ているようには思えない。ヒートを促す薬というより、どちらかといえば栄養補助のための薬なのだろうから、無理もないだろう。

確かにカイは同世代の他の生徒たちより細身ではあったが、平均的にオメガの男性は小柄だ。

そもそも、ヒートを抑える薬ならともかく、促す薬など必要あるのだろうか。

この学院にオメガの生徒はほとんどいないが、わずかながらにいる彼らは皆、時折来るヒートに苦しんでいるようだ。ヒートなど来ないなら、それに越したことはないだろう。

そうは思っているものの、やはり十七になっても未だヒートが来ない自分の身体のことは、カイも気になってはいた。

もしかしたら、自分はオメガではないのではないだろうか。そんなふうにすら思っているのだが、残念ながら病院の血液検査で出るバース性の判定は毎回オメガだった。

平均的に、オメガは十五歳になる頃にはヒートを迎えているし、これまでで一番遅かった事例でも二十になる頃にはヒートを迎えていた。

二十歳までにはまだ数年あるとはいえ、このままヒートが来ることはないんじゃないかと、そんな漠然とした予感をカイは持っていた。

ヒートが来ないということは、オメガ特有のアルファを引きつける甘い香りを発することがないということだ。

そんな自分と、エリックは結婚したいと思うのだろうか。

ヒートが来なければ、エリックとの結婚はおそらく破棄されるはずだ。そう考えた時、悲しいという感情がないわけではなかったが、身を引き裂かれるほどの悲しみを感じるほどではなかった。

おそらくそれは、カイ自身がエリックに対する好意は持っていても、それが恋愛感情であるか今ひとつはっきりしていないからだ。

勿論エリックのことは好きだし、一緒にいると楽しい。ただ、エリックのことを一日中考えていたり、胸が苦しくなったりするようなことはなかった。

そういったところに、後ろめたさを感じているからだろう。エリックと一緒にいても、どこかで決まりが悪いような気分になることが多かった。

……マテウスは、こんなふうに思ったことはないだろうな。

エリックの親友で、学院内ではしょっちゅう一緒にいるマテウスは、いつも堂々としている。

国一番の資産家の息子であるとはいえ、マテウス自身は貴族でもないため、卑屈になってもおかしくないのだが、マテウス本人からはそういったものは一切感じられない。アルファであり、高い能力を持ったマテウスの前では、身分制度という前時代的な価値観など無用の長物に過ぎないのだろう。

「……何を熱心に読んでるんだ？」

「え？」

声は決して大きくはなかったが、静まり返った図書館ではよく聞こえたため、カイはびくりとその身体を震わせた。

「マ、マテウス？」

今の今まで自分の頭の中にいた人物が目の前に現れたこともあるのだろう。挙動不審に名前を呼べば、マテウスがその形の良い眉を顰めた。

「どうしてここに？」

「俺がいたら悪いか？」

「そんなことはないけど……」

こっそりとマテウスの周りを見たが、どうやら他に生徒はいないようだ。

マテウスは学内でも人気があり、エリックがいない時でも他の生徒にいつも囲まれている。珍しいこともあるものだと、ちらりとマテウスに視線を向ければ、ちょうどマテウスの青い瞳と目が合った。

けれど、なぜか不機嫌そうにマテウスはカイから視線を逸らした。

……やっぱり、嫌われてるのかなあ。

エリックと一緒にいるマテウスとは、何度も会っていたが、会話が続いたことはほとんどない。カイが話しかければ何かしら答えてはくれるし、無視をされているわけではないのだが、その表情はムスッとしていることが多い。

特に何かをした覚えはないのだが、もしかしたらエリックの婚約者として相応しくないとか、そんなふうに思われているのかもしれない。

「航空機に興味があるのか？」

カイが読んでいる本を見たマテウスが、ぶっきらぼうに聞いてきた。

そういえば、何の本を読んでいるのか聞かれていたのだった。

「あ、うん……。すごいよね、鉄の塊が空を飛ぶなんて」

航空技術はここ十年で著しく発展し、時折王都の空を飛んでいるのも見かける。

自由に空を飛ぶ航空機を見るたびに、カイはわくわくと気持ちが高揚した。

珍しくマテウスの方から話しかけられたこともあるのだろう。いつもより饒舌（じょうぜつ）になり、さらに言葉を続けた。

「子供の頃に見たエア・レースに感動して、パイロットになりたかったんだけど、僕には難しそうだから。せめて、開発の方に関（かか）われたらって思ってるんだ」

カイがそう言えば、マテウスの片眉がぴくりと上がった。

自分で口にしておきながら、恥ずかしくなる。航空機の開発に携わっているのは優秀な人間ばかりだ。夢みたいなことを言っていると、笑われてしまうかもしれない。そう思い、こっそりとマテウスを見上げてみれば。

「無理だろ、将来の王太子の伴侶（はんりょ）が」

気持ちが良いくらいにはっきりと、マテウスは言った。

「それは、そうなんだけど……」

カイが希望しているため、大学には行かせてもらえるとは思うが、おそらくその後は仕事をする前に結婚することになるだろう。

そうはいっても、あくまで結婚が理由であり、オメガだから無理だと言われなかったことが嬉しかった。

「マテウスは？　将来何かなりたいものはあるの？」

頭も良ければ運動神経も良い。そんなマテウスに、できない仕事などないだろう。しかも身分という枷もないため、好きなことができるはずだ。

カイにとってマテウスは自由の象徴のような存在で、羨ましくもあり、どこかで憧れてもいた。だからこそ、ぞんざいな態度を取られるのは少し寂しくはあったが、そんな態度すらマテウスらしいと思っていた。

「さあな……」

「ええ？　教えてよ」

カイがそう言えば、マテウスが口の端を上げた。いつもの皮肉めいたものではなく、楽しそうな笑みが印象的だった。

結局、マテウスははぐらかしただけで、自分が何になりたいのかは教えてはくれなかった。

マテウスが、軍のエースパイロットになったとカイが知ったのは、それから数年後のことだった。

3

研究所の外にはウィンスター家の家紋が入った馬車が停まっていた。カイとルーシーに気づいた初老の御者は、降りてくると二人が乗りやすいよう手を引いてくれた。

幼い頃から手を引いてもらっていたからだろう。この年齢になっても女性のように手を引いてもらっても、さほど抵抗は感じなかった。

研究室の片づけは、代わりにオーリーがやってくれることになった。

休日に働かせてしまうのは申し訳ないし、気にしなくていいとは言ったのだが、ある程度のところまではやってくれるという話だった。申し訳なかったが、今回ばかりはオーリーに甘えさせてもらった。

ウィンスター家に仕えて既に三十年以上になる御者は丁寧な運転が気に入られており、揺れも少なければ、聞こえてくる滑車の音も静かだ。

揺れが少ないのは、車の普及とともに王都の主要道路が整備されたこともあるのだろう。

車はまだまだ貴重であるため一部の貴族や軍の人間しか所有していないが、それでも街に出れば日に何台かの車は見るようになった。

　カイの家も一台所持しているが、主にそちらは父親が使用している。新しいものに目がない父親は、王家が車を購入するとすぐさま同じものを所有したのだ。

　研究所から屋敷までは、馬車なら三十分とかからずに着く。

　先ほどまで興奮気味にあれこれと話していたルーシーだが、馬車に乗った途端その口を閉じてしまった。

　おしゃべりが大好きで、常に口を開いているような妹だ。何かあったのだろうかと視線を向ければ、ちょうどこちらを向いたルーシーと目が合った。

「フォークナー大佐とは、学院時代の同窓生だったかしら」

　すぐに反応ができなかったのは、ルーシーから出たマテウスの名前がすぐにピンとこなかったからだ。

　一つ上の上級生だったマテウスは、今は軍では大佐の地位を得ている。勿論、大戦の功績による特進だ。

「うん、そうだよ……」

「卒業後も連絡を取っていたの？」

「まさか……卒業以来一度も会ったことはなかったよ」

　慌てて首を振る。

「それこそ、この間のパーティーで八年ぶりに会ったくらいで」

だから、こんなふうに結婚を申し込まれるだなんて思いもしなかった。

確かにあの夜は、カイにとっては特別な夜だった。けれど、それだって長く続いた戦争が終わり、互いに勲章を授与されるという、そういった状況だからこそ、ああいった夜になったのだとも思っていた。

だからカイは、未だに信じられずにいた。マテウスに、自分が結婚を申し込まれるという現状を。

「そう。私は会ったことがあるわよ。確か私がまだ女学校の頃だから……五年前かしら」

ルーシーが、動揺が隠せずにいるカイをちらりと見つめると、静かに言った。

「え？」

「友達に誘われたパーティーに、フォークナー大佐も来ていたの。当時は国の英雄ではなかったとはいえ、空軍のエースパイロットでしょう？　たくさんの女性に囲まれていたわ」

初めて聞く話だった。

けれど確かに、社交の場を苦手とするカイとは違い、ルーシーは年頃になるとそういった場に率先して出かけていた。

「マテウスは昔から人気があるから」

先日のパーティーでも、たくさんの女性たちから熱い視線を向けられていたことを思い出す。

「でも、肝心のフォークナー大佐は女性たちに全く興味がないみたいだった。でもね、たまたま挨拶する機会があったから自己紹介をさせてもらったんだけど、私の名前を聞いた途端、目に見えて表情が変わったの」

「名前？　ルーシーの？」

カイが首を傾げる。ルーシーの名前は貴族の女性の間ではそれほど珍しい名ではないはずだ。

「違う、そっちの名前じゃなくて、ウィンスター家の名前よ。もしかしたらカイの妹君か、ってすぐに反応して。頷いたら、お兄様のことを色々聞かれたのよ。カイは元気にしてるか、ってすごく嬉しそうに」

「そんなことが、あったんだ」

マテウスが、自分に対してそんなふうに関心を向けてくれていたとは思いもしなかった。

「しかも、その後なんて言われたと思う？　あまり似ていらっしゃらないなって、がっかりしたみたいに言ったのよ。全く、失礼しちゃう」

ルーシーは美人ではあるが、アルファだということもあるのだろう。鮮やかなブルネットの髪に、意志の強そうなきりりとした眉といい、顔立ちもはっきりしている。

漆黒の髪を持ち、線が細く、儚げだとさえ表現されるカイとは確かにあまり似ていないかもしれない。

「マテウスも、悪気があって言ったわけじゃないと思うよ」

苦笑いを浮かべてそう言えば、ルーシーが小さく嘆息した。

「それはそうでしょうね。私よりもお兄様の方が好みだったんでしょう」

ルーシーの言葉にどこか棘を感じるのは、おそらく気のせいではないだろう。

「正直、そんな感じだったからフォークナー大佐にはあまり良いイメージがなかったんだけど。でも、今回結婚の申し込みが来てわかったわ。多分彼は、昔からお兄様のことが好きだったのね」

「え……？」

ルーシーの口から出た言葉に、ほんの一瞬カイは口ごもった。

「いや、それはないよ。学院時代はぞんざいに扱われることが多かったし、嫌われてたくらいだと思う……」

そう言いながらも、カイの心はドギマギとしていた。

「私はそうは思わないけど……とにかく、お兄様がフォークナー大佐を選びたいなら、きちんとお父様とお母様に話さなきゃダメよ」

「え、選ぶって……あっ」

ルーシーの言葉に、ようやくカイは今回の結婚の申し込みがマテウスだけではなく、ヒューゴからも来ていることを思い出した。

「やっぱり。ラッドフォード家の三男のこと、すっかり忘れていたでしょう」

ルーシーが胡乱（うろん）気な視線を向けてくる。

「別に、忘れていたわけじゃないけど」

結婚の申し込みの話を聞いた時には、ヒューゴのことも意識していたし、パーティーで会った時の顔を思い出してもいた。ただ、その後すぐにマテウスの名前を聞いたため、ついそちらに気を取られてしまっていただけだ。

「二人のうち、どちらを選ぶのかと思ったけど、お兄様の心はもう決まっているみたいね」

ルーシーが意味ありげな瞳でカイを見つめる。

「そんなこと……」

ない、とカイが言い切る前に、ルーシーが畳みかけるように口を開いた。

「だってお兄様、フォークナー大佐のことしか考えていなかったでしょう。さっきから、どうして自分に結婚を申し込んだんだろう、ってそればっかり考えてる」

「それは、そうだけど……」

ルーシーの言っていることはもっともだ。マテウスから結婚の申し込みが来たと聞いた時、驚きや戸惑いもあったが、嬉しいという気持ちもあった。

けれど、マテウスがどうして自分に結婚を申し込んできたのかは未だわからなかった。

「先に言っておくけど、お父様とお母様を説得するのは至難の技だと思うわよ」

私は、勿論お兄様の味方だけど。

言いながら、ルーシーが困ったような顔をした。

「どういう意味？」

「……二人に会えばわかるわ」

カイが首を傾げると、ルーシーは深いため息をつき。そのまま視線を窓の外に向けてしまった。


カイとルーシーが屋敷へと到着すれば、出迎えた執事によってすぐにでも両親のもとへ行くよう促された。

祖父の代からこの屋敷に勤めている執事への信頼は厚く、既にカイに結婚の申し込みが来ていることも知らされているようだった。

「おめでとうございます」

我がことのように嬉しそうにそう言われたものの、カイとしてはどうもピンとこなかった。カイ自身が、とうに結婚を諦めていたのもあるかもしれない。

大広間を抜け、階段を上って両親の待つ書斎、ライブラリーへと赴く。

五十年ほど前、貴族たちの間では図書を集めることが流行し、どの屋敷にもライブラリーと呼ばれる書斎が設けられた。

カイの父であるウィンスター公爵は特に読書好きで、家族団らんの場でもある書斎には多くの書物を並べている。

「遅くなりました」

軽くノックをし、重厚な書斎の扉を開ければ、カイの顔を見た父が待ちわびたとばかりに立ち上がった。

「カイ、遅かったじゃないか」

「ルーシーから話は聞いた?」

興奮気味な両親に、矢継ぎ早に話しかけられる。

こんなふうに嬉しそうな両親の顔は久しぶりに見たような気がする。

母親に椅子(いす)に座るよう促され、テーブルの向かい側へと腰かける。

「はい、それで結婚に関してなのですが……」

カイが口を開いたところで、メイドがカイの分のティーカップを持ってきた。

帰ってきたばかりで、ちょうど喉(のど)が渇いていたこともあり、礼を言って口をつける。

そうしている間に、うずうずとしながら母親が口を開いた。

「もう、本当に驚いたわよ。いつからラッドフォード公爵のご子息と懇意にしていたの？」

「先週議会で会った時には、公爵も何も言ってなかったからな。私も驚いた」

え……？

両親の反応に、少しばかりカイは驚いた。

結婚の申し込みはマテウスとヒューゴから来ているという話なのに、二人ともヒューゴ、ラッドフォード家の話しかしないからだ。

「そもそも、ラッドフォード公爵に三番目の息子がいたなんて知らなかったわよ。長男は確か、アランと同い年だったわよね」

アランはカイの八つ上の兄で、現在は王都の病院で医師をしている。

「ああ、今度アランが帰った際に話を聞いてみよう。まあ、軍のパイロットという話だし問題はないと思うが……」

「あ、あの……！」

呆然（ぼうぜん）と両親の会話を聞いていたカイだが、さすがに黙っていられずに口を挟む。

「なんだ？」

すぐさま父親が、カイの方を向いた。

「結婚の申し込みは、お二人から来ているのですが……」

カイの言葉に両親は顔を見合わせ、そして同時に困ったような顔をした。

「ああ、マテウス・フォークナー殿からも来ているな」

「この国の英雄からだなんて、サインを見ても信じられなかったわ」

「じゃ、じゃあ……」

両親のマテウスへの反応は、どちらも良好なものだった。

マテウスの名前が二人の口から出てこないのは、貴族階級ではないことを気にしているのかと思ったが、どうやらそうではないようだ。

密かに胸を撫でおろすが、けれど二人の表情は晴れないままだった。

「カイ、悪いことは言わない。フォークナー大佐はやめておきなさい」

「え、どうし……」

「相手はこの国の英雄よ。優秀なアルファだとも聞いているわ。おそらく、子供だって望んでいるはずよ。……あなたには荷が重たいでしょう？」

母の言葉にカイの表情が凍りつく。

「何も、そこまではっきり言わなくても」

カイの反応を見た父が、窘めるように母に言った。

「はっきり言わなければわからないから言っているのよ。王太子殿下との婚約を破棄することになって、この子がどれだけ可哀そうな思いをしたか……」

違う、エリックとの婚約を破棄したのはカイ自身の意志だ。自分は、可哀そうなんかじゃない。そう思ったものの、その台詞はカイの口から出ることはなかった。

先ほど喉を潤したばかりだというのに、ひどく喉が渇いた。

「カイ、ラッドフォード家は既に二人の息子は結婚していて、子供もいるそうだ。だから、たとえ子供ができなくとも問題ないと相手は言っている」

「相手は公爵家だし、釣り合いも取れているわ」

わかってる。両親はカイが傷つかないように、ヒューゴを選ぶよう勧めているのだ。

実際、カイの身体に欠陥があることが、発情に問題があることがわかれば、マテウスの両親はがっかりするかもしれない。

だからこそ、カイの条件を全て呑み込んでくれているヒューゴの方が安心なのだろう。

やはり、両親の意見に従った方がいいのだろうか。

そう思った時、ふとカイの脳裏に先日会ったマテウスの顔が過った。自分に笑いかけ、改良した戦闘機を褒めてくれた。

とても嬉しくて、この夜のことは生涯忘れまいと、そう思った。

もしマテウスの結婚の申し込みを受ければ、カイはまた多くの人間の注目を浴びることになるだろう。

ヒートが来ない、発情ができないという欠陥のことも、陰でこそこそと話す人間もいるはずだ。

両親はカイが傷つかないように、ヒューゴを選ぶよう助言しているのだということもわかっている。だけど、それでも。

「二人の意見は、わかりました。だけど、もう少し考えさせて欲しいです……」

絞り出すようにカイがそう言えば、両親は困惑した表情をしたものの、それ以上は何も言わなかった。

とりあえず、もう少し返事を待ってくれるようどちらにも伝えると、父親は約束してくれた。

＊＊＊

王立空軍の飛行場は、カイの働く王立研究所から歩いて十分ほどの場所にあった。

オーリーを休ませるため、午前中のうちに仕事を終えたカイは久しぶりに飛行場へと足を運んだ。

バトラックスの改良をする間は、足繁(あししげ)く通い、その都度テストパイロットが飛ぶ様子を記録したものだ。

長く続いた戦争が終わり、軍の内部も今は落ち着いているのだろう。以前ならば関係者であるカイですら入念にチェックされたセキュリティも、随分緩和されていた。

ちょうど、飛行訓練の最中なのだろう。飛行場にはいくつもの銀色の機体が並び、日に照らされて輝きを帯びていた。

滑走路を走り、爆音を立てながら空へ舞い上がっていく戦闘機を、まぶしそうにカイは見上げる。

何度見ても、機体が空を飛ぶ瞬間は興奮した。

「あれ？　カイ？」

何機かの戦闘機が飛んでいった後、自分を呼ぶ声に気づいたカイは慌てて後ろを振り返る。

「あ……」

「やっぱりカイだ！　うわあ、ここで会えるなんて嬉しいな」

飛行服を着たヒューゴは、カイの姿を確認すると満面の笑みを浮かべた。

そういえば、ヒューゴも空軍のパイロットだった。後で調べてみれば、パイロットとしての腕は確かなものらしく、かなりの戦歴を持っていた。

とはいえ、ほんの数日前、結婚を申し込んできた相手でもある。今はあまり顔を合わせたくなかったのだが、そんなカイの心境など知らぬヒューゴは、かつてのパーティー会場と同じようにあっという間に距離を詰めてしまった。

「もしかして、俺に会いに？」

「いや、残念ながら偶然です……」

苦笑いを浮かべてカイが言えば、ヒューゴが口を尖(とが)らせた。

「そこは、嘘でも俺に会いに来たって言ってくれたらいいのに」

口ではそう言いながらも、ヒューゴはすぐに表情を崩し、カイに対して満面の笑みを浮かべる。

「今日は、飛行訓練ですか？」

カイが問えば、ヒューゴがなんともいえない表情でカイをじっと見つめてきた。

「え？」

「その言い方……敬語、やめない？」

「なんか、他人行儀で嫌だなって。そもそも、カイの方が年上だろう？」

「ああ、それもそうで……だね」

研究所では多くの職員よりもカイは年下で、そのため基本的に周りの人間に対して敬語で話している。

そういった癖が抜けないのはあるが、確かに年下のヒューゴに対してはわざわざ敬語を使う必要はないと思った。しかも今は仕事ではなく、一応はプライベートの時間だ。

「戦争が終わったからって、軍の仕事がなくなるわけじゃないからね。むしろ、もしもの時の備えこそ重要なものだし」

空を飛ぶ戦闘機を見上げながら、ヒューゴが言った。

先ほどまでのおちゃらけたような表情は消え、真剣な表情で戦闘機を見つめている。

「なんだよ、ヒューゴ、えらいきれいな子を連れてるじゃないか」

カイと話しているヒューゴに対し、何人もの人間が話しかけ、茶々を入れていく。

軍隊内においては階級が重要であるとはいえ、ヒューゴの生家はこの国でも指折りの名家であるラッドフォード公爵家だ。士官の多くは貴族階級の出身であると聞いたことはあるが、互いの家の格を気にしないということはなかなか難しいはずだ。それこそ、前ラッドフォード公爵は海軍大臣を務めていたはずだ。

けれど、空軍の人間にヒューゴを特別扱いしたり、過度に気を使ったりするような空気は感じられない。本人の気さくな性格もあるのだろうが、それだけ仲間たちに慕われているということだろう。

「カイが来るって知ってたら、午後は非番にしておいたのにな～。ちょうど、飛行訓練が入ってて」

「ちょっと飛行機が見たくて足を運んだだけだから、気にしないで」

ヒューゴに対して悪い印象は特にない。少しお調子者ではあるのだろうが、良い青年だと思っている。

親しみは感じているが、少し手のかかる弟のような感覚で、この先恋心を抱けるかどうかもわからない。

最近は恋愛結婚が貴族の間でも珍しいものではなくなったが、恋愛といっても相手は自分と同じような立場にいる人間だ。

親同士が決めた婚姻は未だ主流であるし、カイだって元々はエリックという婚約者がいた。事情が事情であるとはいえ、王太子に婚約破棄されている自分に対し、結婚を申し込もうとする人間などまずいない。

カイの立場を考えれば、ヒューゴは出来すぎた相手であろう。それこそ、両親が諸手(もろて)を挙げて歓迎するように。

彼と結婚すれば、おそらく穏やかな生活を手にすることが予想できる。

やはり、両親が勧めるように彼の申し出を受けるべきなのだろうか。

「カイのこの後の予定は？」

「特にないから、もう少し飛行訓練を見たら帰ろうと思ってたんだけど」

「なんとかならないかな～。訓練が終わった後のミーティングを早めに切り上げられればいいんだけど……」

せっかくなのだから、カイとの時間を確保したい。ヒューゴの熱心な気持ちは悪い気はしないものの、どこかで申し訳なく思ってしまう。おそらくそれは、自分はヒューゴと同じような気持ちを持てていないからだろう。

「バカを言うな、訓練後のミーティングを適当に切り上げられるわけないだろう」

弾かれたように、カイは声が聞こえてきた方へと視線を向ける。

ヒューゴも同様に視線を向け、相手の顔を確認すると思い切り顔を引きつらせた。

「ゲッ、フォークナー大佐……」

そこにいたのは、仏頂面のマテウスだった。

数週間ぶりに見たマテウスの顔に、自然とカイの心臓が跳ねた。

「何がゲッだ。整備士が探していたぞ。さっさと機体の点検に行け」

「わ、わかりましたよ！　カイ、また後……」

「聞こえなかったのか？　さっさと行けと言ってる」

なおもカイに話しかけようとするヒューゴを、マテウスが一喝する。

ヒューゴは名残惜しそうにカイを一瞥（いちべつ）し、速足で格納庫の方に向かっていった。

そんなヒューゴの後ろ姿をぼんやりと見ていると、自分を見つめるマテウスの視線に気づく。カイも見つめ返したものの、いざマテウスの顔を見ると、何を話せばいいのかわからず逡巡（しゅんじゅん）してしまう。

「今日は、仕事でこっちに？」

先に口を開いたのは、マテウスの方だった。会話の糸口が見つかったことにカイは胸を撫でおろす。

「いや、そうじゃなくて。仕事が早めに終わったから、バトラックスを見に来たんだ」

言いながら、離陸の準備をしているバトラックスに視線を向ければ、マテウスもそちらに顔を向けた。

「そういえば、お前は昔から飛行機が好きだったな」

マテウスがわずかに頬を緩めた。

覚えててくれたんだ……。

学院時代の、ほんのひと時のやり取りをまさかマテウスが覚えているとは思わなかった。

「それなら、もうここには用はないってことだな？」

「え？」

「バトラックスなら、あらかた見終わっただろう？」

腕組みをしたマテウスが、ニッと口の端を上げる。カイが、大きめなその瞳を何度か瞬かせた。


一度司令部庁舎に戻り、帰宅の準備をしてくるというマテウスを、カイは基地の正門前で待っていた。王立空軍は、戦闘機の発達とともに作られたため軍の中では比較的新しく、建物も近代的だ。

マテウスに言われるがままに、一緒に出かけることになってしまったが、今更ながらカイは少しばかり後悔していた。

おそらく結婚の話になるだろうし、それに関しては未だカイの心の整理はついていない。

それなのに、どうしてマテウスの誘いを断ることができなかったのか。それはおそらく、カイがマテウスと話がしたいと、一緒にいたいと思ったからだ。

先ほどまではヒューゴと一緒になるということも考えていたというのに、マテウスの顔を見た途端そんな気持ちは消えてしまった。

やっぱり僕は、マテウスのことが好きなのかな……。だけど……。

そんなふうに考え、俯いているカイの前に、一台の車が滑り込んできた。

前に二つの大きな車輪、後ろに一つの車輪がついた車は、カイでも知っているくらい有名な高級車だ。

「え？」

車の中から出てきたのは、マテウスだった。

さっきまでの軍服とは違い、ラフな服装に着替えている。フライトジャケットにジーンズという姿は、街にいる若者とさほど変わらない。

「悪い、待ったか？　帰り間際になって書類を持ってきたやつがいて……」

「いや、それはいいんだけど。マテウス、車の運転ができるの？」

カイの家もそうだが、車を所有する際には運転手も雇う者は多い。運転技術資格を持つ者は少ないため、運転手を雇用する場合もそれなりに給金が必要なのだ。

カイの言葉に、マテウスは鼻で笑った。

「確かに難しいな。バトラックスほどじゃないが」

「あ……」

日頃戦闘機を乗りこなしているマテウスにしてみれば、車の運転など容易いものだろう。なんとも間抜けな質問をしてしまった。

そんなカイの心境がマテウスにはわかったのだろう。小さく笑うと助手席のドアを開け、カイに乗るよう促してくれた。

「ありがとう……」

照れ臭かったが、マテウスの厚意に甘えることにする。

「食事は？」

車に乗り込んだところで、マテウスが聞いてきた。

「そういえば、まだとってなかった」

元々バトラックスの視察を終えたら帰宅する予定だったため、食事はメインストリートにあるレストランでとるつもりだった。

「海岸沿いにいい店がある。少し時間はかかるが、かえって混んでなくていいだろう」

それだけ言うと、マテウスはクラッチを踏み、車を出発させた。マテウスの運転はとても丁寧で、車に乗り慣れていないカイでもすぐにリラックスすることができた。

＊＊＊

マテウスが説明した通り、目的地であるレストランは海風が気持ちの良い海岸沿いにあった。

王都の外れにあるため、車がなければなかなか来るのは難しい場所なのだろう。けれど、知る人ぞ知る店なのか、寂れた空気は全く感じられなかった。

店内にある家具も、一級品を使っているのかとても座り心地がよく、年季が入っているのがかえって味になっていた。

既に昼食時のピークを過ぎているためか、店内には客はまばらにしかいなかった。客層も良いのだろう。マテウスの顔を見て彼がこの国の英雄であることに気づいた人間もいたが、騒いだり話しかけてくるようなこともなかった。

それはオーダーを取りに来たウエイターにもいえることで、他の客と同じように二人のことを扱った。

窓からはコバルトブルーの海が見え、キラキラと水面が光を帯びていた。

遠くで微かに、海鳥の鳴く声が聞こえる。

「素敵なお店だね」

口にした途端、ふと頭に疑問が過る。マテウスにとっては行きつけの店のようだが、雰囲気の良いこの店に一人でわざわざ足を運んでいるとは考えにくい。マテウスは、誰と一緒にこの店に来たのだろうか。

「母親が昔から贔屓にしてる店なんだ。車が家に来てからは、毎週のように父親は連れていくようせがまれてる」

さすがはこの国一番の資産家というべきか。フォークナー家は既に数台の車を所有しているようだ。

けれど、そんなことよりもカイは、この店がマテウスにとって家族との思い出の場所であることにホッとする。

同時に、おかしな想像を巡らせてしまった自分が恥ずかしかった。

「そうだったんだ……」

「女と来たことがあるとでも思ったか？」

すかさずそんなふうに言われ、思わず口ごもる。

「まあ、ちょっとだけ……」

「ここに連れてきたのは、家族以外ではお前だけだ。車に乗せたのもな」

揶揄うわけでもなく、マテウスは自然とそう口にした。

その言葉を嬉しく思う一方で、どうしてそこまでの言葉を自分にくれるのかわからず、返答に困ってしまう。

あのパーティーの夜のように、今のマテウスはとても穏やかで、優しい眼差しをカイに向けてくれている。

学院時代、目を合わせることすらできなかった頃とは大違いだ。

カイが言葉を返す前に、注文していた品がテーブルに届く。

どの料理も美味しそうに感じたため、マテウスに任せてしまったのだが、カイの前には柔らかそうな肉の入った煮込み料理が置かれた。

「これ……」

「学院時代、よく食堂で食べてただろう？」

そうだった。学院の食堂にあるこの料理がカイは大好きだった。マテウスとは何度も食堂で会ったことがあるとはいえ、まさか覚えてくれているとは思わなかった。

「うん、ありがとう」

スープを口に運べば、あの頃食べた味とは違うものの、自然な甘みが口の中へと広がった。

「美味しい……」

「それはよかった」

　マテウスも、自分の目の前に置かれた肉料理を丁寧にナイフで切っていった。貴族でこそないものの、マテウスのテーブルマナーは完ぺきだった。

「ところで……結婚の返事はいつもらえるんだ？」

　食事も中盤に差しかかった頃、マテウスの口から出た言葉に一瞬カイは喉を詰まらせそうになり、慌ててグラスに入った水を口にした。

「そ、それは……」

　結婚を申し込んだマテウスの立場からすれば、カイの返答が気になるのは当然といえば当然なのだが。先ほどから全く話題に出ていなかったこともあり、油断していた。

「まさかとは思うが、俺じゃなくヒューゴを選ぶなんて言わないよな？」

「な、なんで知ってるの？」

「あいつの方から報告してきたんだよ。近いうちにお前と結婚するかもしれませんってな」

　なるほど、ヒューゴがマテウスの部下であることを考えれば、そういった報告があるのは自然だろう。

「言っておくが、俺の方が先だったからな」

「え？」

れば

「お前に、結婚を申し込んだのは」

むすっとした表情で、マテウスが言った。

「知ってるよ。届いたのは同じ日だったけど、消印はマテウスの方が早かった」

休日の朝に届いた二つの手紙。羊皮紙が使われた高級な封筒に書かれた日付は、よく見ればマテウスの方が一日だけ早かった。

たった一日ではあるが、マテウスの方が早く、自分に対して結婚を申し込みたいと思ってくれたことに心が高揚した。

そう、自分は、マテウスから結婚を申し込まれて嬉しかったのだ。けれど。

「じゃあ」

「マテウスの気持ちは、本当に嬉しいよ。どうして僕に……って思いは今でもあるけど」

「だけど、ごめん。マテウスの結婚の申し込み、僕には受けることができない」

恥ずかしさから、なんとなく逸らしていた視線をマテウスへ向ける。

マテウスも、真剣な瞳でカイを見つめていた。

「理由は？」

眉間に皺を寄せ、気持ちを抑えるように一度だけ目を閉じ、マテウスが問うた。

「僕の身体のことは、知ってるだろう？　オメガなのに発情ができなくて、子供を望めるかどうかもわからない。国の英雄の結婚相手としては、力不足だし、不釣り合いだよ」

マテウスが特別子供好きだという話は聞いたことはないが、フォークナー家にもやはり、後継者が必要なはずだ。

多くの国民もまた、英雄であるマテウスの子供を待望しているだろう。もしマテウスの相手が女性や、きちんと発情ができるオメガであれば子供が授かることができるのだ。

エリックとの婚約が解消された時、周りの人間は誰もカイを責めなかった。身体の事情があるのだから仕方がない、と同情すらしてくれた。

けれど、周囲の人間、実の両親からも向けられた憐れみの眼差しに、カイの心は深く傷ついた。もう、あんな思いをするのは真っ平だった。

マテウスは、カイの話を静かに聞いていた。そして、ゆっくりとその口を開いた。

「発情できないことに、子供ができないことになんの問題があるんだ？」

「……え？」

「俺がお前に、カイに結婚を申し込んだのは、この先の人生をともに歩んでいきたいと思ったからだ。毎日一緒に食事をとり、楽しいことがあれば笑いあい、時には喧嘩もしたりする。子供は、別にできなければそれでいい」

カイの目頭が熱くなった。

マテウスの言葉は、カイが何より欲していた言葉だったからだ。

「ありがとう、マテウス……」

　今まで、こんなふうにカイに対して言ってくれる人間はいなかった。

　しかも相手は、学院時代から密かに憧れていたマテウスだ。

　彼の結婚の申し込みを受けたいと、そう思った。けれどカイが口を開きかけた時、両親の顔が脳裏に過った。

　あなたには荷が重い。

　あの時かけられた母の言葉が、カイの呪縛になる。

「だけどごめん……すぐには返事ができない。両親とも、相談しなければいけないし」

　歯切れの悪いカイの言葉に、マテウスが短いため息をついた。

「親は関係ないだろう。お前の人生なんだ。どうしたいのか、自分自身で決めるべきだと俺は思うが？」

　マテウスの言うことはもっともだった。カイは家督を継ぐわけでもないし、二十代の後半に差しかかっているのだ。結婚を自分の意志で決める権利はあるはずだ。しかし、それがわかっていてもなお、踏ん切りをつけることができない。

　いくつになっても僕は、意気地がないな……。

　自己嫌悪を感じながら顔を上げれば、ちょうどこちらを見ていたマテウスと視線が合った。

　空の色と同じ、マテウスの青色の瞳は穏やかにカイのことを見つめている。

思えば、昔からカイにとってマテウスは自由の象徴だった。それこそ、空を飛ぶ鳥のように。

彼のようになりたいと、学院時代、密かに思っていた。

「わかった、今は答えを聞かないでおく」

「うん、ありがとう」

「言っておくが、俺はお前を諦めるつもりはないからな」

マテウスの言葉に、カイの胸が大きく高鳴る。

けれど、カイの返答を待たずにマテウスは手を挙げてウエイターを呼んだ。どうやら、会計を頼むつもりのようだ。

諦めるつもりはない、か……。

目の前でウエイターと話すマテウスを、くすぐったいような気持ちでカイは見つめ続けた。

4

大戦が始まる以前から、ブルターニュ王国は航空機の開発が盛んだった。

おそらくそれは、人類初といわれる動力飛行機の発明を行ったのがブルターニュの人間だったからだろう。

資金不足に悩んだ二人の若い技術者の描いた夢は、やがてブルターニュ全土に広がっていき、いつしか国までも動かした。

ミルトン・エア・レースは、兄弟であった技術者二人の名を冠して始められた王家主催のイベントで、毎年多くの人が観覧に来ていた。

幼いカイが航空機に漠然とした憧れを持ったのも、エア・レースがきっかけだった。

大戦中は中止していたこのイベントの開催は、戦争が終わり、平和な時代が到来したことを象徴する意味もあった。

カイのバーチュー勲章の授与が決まった際、事前に聞かれた要望で伝えたのも、このエア・レースの開催だった。

ニケルナは二つ返事で了承してくれ、さらに軍・民間のどちらにも出場するパイロットを募ってくれた。

そしてエア・レースの開催まであと一か月となった頃。カイの手元に、エア・レースの招待状が届いた。

招待状がなくとも一般客の一人としてカイは参加するつもりだったのだが、航空機の開発者としての功績が認められたのだろう。同じように招待されたオーリーが持ってきた手紙を、わくわくしながらカイは開いた。

「え……？」

けれど、日時と席次が書かれた紙と一緒に入っていた、もう一枚の紙を見たカイは思わず声を漏らした。

「どうした？」

同じように招待状を見ていたオーリーが、そんなカイに気づいて声をかけてくる。

「いや、出場者名簿に……」

カイの言葉に、オーリーももう一枚の紙、出場者名簿へと視線を移す。

マテウス・フォークナー。

出場者名簿には、しっかりとマテウスの名前が記されていた。

エア・レースへの参加希望者は、歴代の大会史上で一番多かったらしく、それこそ国中のパイロットがエントリーしたと言っても過言ではなかったそうだ。

久しぶりの開催で、さらにニケルナ女王自ら観覧に訪れるということもあるのだろう。さすがに全てのパイロットを出場させるわけにもいかないため、事前に出場者の選考のためのプレ大会も行われたのだという。

勿論、マテウスはそれも免除されたそうだが、国の英雄であるマテウスが出場することが知られると、元々高かったエア・レースへの盛り上がりはさらに高まりを見せた。

当初会場に予定していた広場ではとても人が入りきれないだろうと、ニケルナが所有する大きな公園がこの日は会場のために解放されることになった。

数日後に控えたエア・レースのため、整備に行くという研究所の同僚の話を聞き、カイも帯同させてもらうことにした。

開発者であるカイに見てもらえるなら心強いと、整備士たちからも喜ばれた。

既に何度も訪れたことがある王立空軍の飛行場へと足を運べば、司令部の人間に笑顔で迎え入れられた。

王立空軍の威信をかけても、優勝者は軍の人間から出さなければならない、といった意識が強いのだろう。パイロットたちのエア・レースにかける意気込みも、かなり高いものになっているそうだ。

だからこそ、航空機を最も良い状態で整備しておいて欲しいと、格納庫に着くまでの間熱心に説明された。

今回のエア・レースに参加する軍の人間は七人ほどで、参加者の半分以上を占めている。名簿を見た時にはマテウスの名ばかりに注目してしまい見逃していたのだが、よくよく見てみれば、参加者の中にはヒューゴの名前もあった。

偶然ではあるのだろうが、自分に結婚を申し込んだ二人が同じレースに参加するというのは、なんとも複雑な気分ではあった。

『で、カイはどっちを応援するんだ？』

愉快そうにオーリーが聞いてきた。

『え？　それは……』

オーリーに指摘されるまで、考えもしなかった。いや、そうじゃない。

『どうせ、マテウスの方だろう』

カイの考えなどお見通しだ、とばかりにオーリーが言った。

オーリーの言う通りだった。マテウスの名前を見た時から、カイの頭にはバトラックスを使って空を飛ぶマテウスのことしか頭になかった。

これまで、マテウスが飛ぶのをカイは見たことがないだけに、英雄はどんなふうに空を飛ぶのだろうと想像し、気持ちが高揚した。

同時に、危険が伴うエア・レースにマテウスが参加することに対する不安も感じた。

つまりカイの頭の中は、エア・レースにマテウスが参加すると知った時からマテウスのことでいっぱいになってしまったのだ。

いい加減、僕も自分の意志を伝えないとな……。

結婚の申し込みを二人に対し保留にしてから、既に一か月の時が経っていた。

痺(しび)れをきらしたヒューゴから何か言ってくるかと思ったが、気が長いのか、それとも余裕があるのか、せっつかれるようなことはなかった。

ヒューゴの父親であるラッドフォード公爵とは議会に出た父が話す機会があったそうだが、そちらも特に返答を急(せ)くようなことはなかったそうだ。

ただ、息子がこんなふうに一人の人間に対して夢中になるのは初めて見たと、そんなふうに話していたそうだ。

そういった話を聞くだけでも、ヒューゴが今回の自分との結婚を真摯(しんし)に考えてくれていることはわかった。

悪い気はしなかったが、それでもヒューゴの手を取りたいとはどうしても思えなかった。

カイの中には、既にヒューゴを選ぶという選択肢はなくなっていた。自分の気持ちに嘘をついてまで、結婚をする気になれなかったからだ。

けれど、マテウスの手を取る勇気も、未だ持てずにいた。いい加減、覚悟を決めなければばならないことはわかっているのだが。

「ウィンスターさん、俺たちは先に司令部へ行きますが、どうされますか？」

カイがぼうっとしている間に、整備士たちは航空機の整備を終えたのだろう。

今回パイロットたちが搭乗するのは、バトラックスではあるが、改良前のものだ。安全性を重視しているためカイが改良したバトラックスは最高速度がわずかではあるが遅くなってしまう。

戦闘を行うわけでもなく、危険はそれほどないからこそ速さを選択したのだろうが、少しだけ寂しく思った。

「先に行っていてください。僕はもう少しだけ、航空機を見ていきます」

既に司令部の建物には何度も足を運んでいるため、迷うこともないだろう。

そう思ったカイは、せっかくだからと航空機を見る方を選んだ。

休憩時なのか、広い格納庫にはほとんど人が見当たらなかった。銀色に光る機体の一つ一つを、ゆっくりと見ていく。

エア・レースに参加する機体だけではなく、それ以外の機体もあるため、カイが改良したバトラックスも中にはあった。

あ……。

コードネームであるBeastの文字が書かれた機体の前で、カイは思わず立ち止まる。

Beastが、マテウスのコードネームだということを、カイは知っていた。

とても大事にされているのだろう。他の機体よりも、ひときわ輝いていることからもそれはわかった。

数多の戦場を駆け抜け、生き抜いてきたからだろうか。マテウスが乗るその機体には、他の機体とは違う何かがあった。

不思議だな……、機体の種類は同じはずなのに。

自然とカイが機体に手を伸ばせば。

「人の機体に、無断で触るな……と言いたいところだが。お前相手ならこいつも嫌がらないだろうな」

もう少しで手が届くという時、後ろから聞こえてきた声にびくりとカイは身体を震わす。

「マテウス……」

振り向けば、飛行服を着たマテウスがそこにはいた。

カイに名前を呼ばれたマテウスは、ニッと口の端を上げると、ゆっくりとカイのすぐ隣まで足を進めた。

そして、目の前にある機体を、その大きな手で優しく撫でた。

「大切にしてるんだね」

「こいつには、何度も命を助けられたからな」

心からそう思っているのだろう。マテウスの表情はとても穏やかだった。

「そうだよ……せっかく助かった命なのに。それなのにどうしてわざわざ危険なエア・レースに参加するの？」

思わず、カイ自身がずっと思っていたことをマテウスに言ってしまう。

こんなふうに、カイがマテウスに対してはっきり反対意見を言うのは初めてのことだった。

気を悪くしてしまうだろうか。内心ドキドキしたのだが、マテウスは機嫌を損ねなかった。むしろ、その表情には笑みすら浮かべていた。

「なんだ、心配してくれているのか？」

楽しそうに言うマテウスに、カイの方が反応に困ってしまう。

「当たり前じゃないか。航空機を離陸させるだけでも、危険は伴うんだよ……しかも、レースに参加するなんて」

思わず出た本音ではあったが、開発者としてこの発言はよくなかったとすぐさま補足する。

「勿論、そうならないように最善はつくすけど。だけど、事故にならない可能性がないわけじゃないし……」

「ただ速さを競うだけだ。機関砲が飛んでくるわけじゃない。俺にしてみれば、訓練と大して変わらない」

なんでもないことのようにマテウスは言った。さり気なく口にした言葉ではあるのだろうが、死地を生き抜いてきたマテウスの言葉だけに、重みがあった。

「心配するな、俺は真っ先にスタート地点に戻ってくる」

顔を曇らせたままのカイを励ますかのように、マテウスが言った。

自信に満ち溢(あふ)れたマテウスの表情に、カイが瞳を大きくする。

けれど、カイが言葉を発しようとした時だった。

「エア・レースへの参加は初めてだっていうのに、すごい自信ですね」

いつからそこにいたのだろうか。カイが振り返れば、ちょうど真向かいにある機体に身体を預けたヒューゴがこちらを見つめていた。

マテウスと同様に、飛行服を身に着けている。

「トップスピードで俺に勝てる人間がいるとでも？」

余裕のある表情で、マテウスがヒューゴに言う。

「それはあくまで軍の訓練での話でしょう？　純粋な速さだけを競うエア・レースとは違いますよ」

言いながら、ヒューゴがカイとマテウスのもとにゆっくりと歩いてくる。

いつもの飄々(ひょうひょう)とした表情はそこにはなく、どことなく不機嫌さすら感じる声色だった。

ヒューゴは挑むような視線でマテウスを見つめた後、すぐ隣にいたカイへと視線を移す。

「フォークナー大佐からも、結婚を申し込まれてたんだってね」

その話がここで出てくるとは思わず、驚きながらもカイは頷いた。

「うん。ごめん、黙ってて……」

「それはまあ、仕方ないよ。言いづらかっただろうし」

ヒューゴが肩をすくめた。責められてもおかしくはないと思ったが、どこまでもヒューゴは爽（さわ）やかな気性を持っているようだ。

「それで？　カイはフォークナー大佐の結婚の申し込みを受けるの？」

「え!?」

まさかこの場で聞かれるとは思わず、カイの表情が強張（こわば）った。

すぐ横から、マテウスの視線を感じる。なんと言えばいいのだろうか。

自分の心が、マテウスにあることはカイだってわかっている。だからといって、すぐさまここで返事をすることはできない。まだ、心の準備が整っていないのだ。

「わかった。じゃあ、こうしよう」

口ごもってしまったカイに、仕方ないとばかりにヒューゴが嘆息した。

「今回のエア・レース、俺が優勝する。そうしたら、カイは俺のプロポーズを受けて欲しい」

「へ？」

「おい、何を言ってる」

驚くカイに対し、それまで黙って二人の様子を見守っていたマテウスが苦言を呈す。

「気に入らないんですよ。パーティー会場で出会った俺とカイはとてもうまくいっていたし、結婚だって受けてもらえる可能性が高かった。あんたの存在さえなければ」

ヒューゴの言葉に、マテウスがあからさまに顔を顰めた。

けれど、ヒューゴの言うことには一理あった。

確かにマテウスが自分に対し結婚を申し込まなければ、両親に勧められるままにヒューゴと交際を行い、結婚をしていたかもしれない。しかしだからといって、エア・レースの勝敗で結婚を決めるというのはいかがなものだろうか。

けれど、ヒューゴを窘めてくれると思ったマテウスの口から出た言葉は、意外なものだった。

「わかった。その代わり、俺が優勝した場合、カイにプロポーズをするのは俺だ」

「……は？」

カイが、驚きのまま声を出す。

「プロポーズをする、受けてもらうじゃなくていいんですか？」

「優勝して、プロポーズをすればカイが受けてくれるのはわかっているからな」

「待って、勝手に決めないでよ。僕がプロポーズを受けるって決まったわけじゃ……」

「いや、お前は受けるだろう。国中の人間が注目する中、英雄である俺に恥をかかせるわけにはいかないからな」

マテウスが、不敵な笑みを浮かべてそう言った。古い付き合いなのだ、カイの考えなどお見通しだろう。

「はあ？　ずるくないですかそれ！」

憤慨したようにヒューゴが言った。

「悔しかったら、優勝するんだな」

「望むところですよ！　それじゃあカイ、またエア・レースの日に」

挑発的にマテウスを一瞥したヒューゴは、次にカイに視線を向けてにっこりと微笑んだ。

「うん……またね」

引きつったような笑みを浮かべるカイを確認すると、そのまま踵(きびす)を返してヒューゴは格納庫の外へと出ていった。

ズンズンと歩いていくその足並みに、迷いはなかった。

呆然とヒューゴの後ろ姿を見ていたカイだったが、姿が見えなくなったあたりで我に返る。

「待って！　もしヒューゴが優勝したら、僕はヒューゴと結婚しなきゃいけないの!?」

二人の勢いに圧倒されてしまい、結局条件を呑んだかのような状況になってしまったことに今更ながら気づく。

エア・レースの勝敗で自分の将来が決められてしまうというのは、カイとしてはさすがに抵抗があった。

「おい、それは俺があいつに負ける可能性があるって言いたいのか？」

ムッとした声色でマテウスがそんなカイに苦言を言う。

「そうじゃなくて、そうじゃないんだけど！」

パイロットとしてマテウスの腕がとても良いことはカイは誰より知っている。飛行テストの結果も、正確性は勿論、練度も誰より高かった。

けれど、勝負に絶対はない。どんなに成功確率が高くとも、それが百を超えることなどないからだ。

「勝負に、絶対はないと思うんだよ……」

ヒューゴには申し訳ないが、もしヒューゴが優勝したらと考えると、気が重くなる。

「安心しろ、さっきも言っただろう？　俺が先陣を切ってスタート地点に帰ってくるって」

マテウスの表情からは、迷いも不安も全く感じられなかった。

そんなマテウスを見ていると、不思議となぜか漠然とした不安がなくなっていった。それこそ、マテウスならば大丈夫なのではないかと。

とはいえ、もしマテウスが優勝した場合、それはそれで別の問題が出てくる。

もしマテウスが優勝したら……僕はマテウスと結婚することになるんだよね。

嫌だとは勿論思わない。背中を押してもらえるといえばその通りだが、だからといって流されるままにマテウスとの結婚を選択したくはなかった。

「さっきはああ言ったが、どうしても嫌だったらレースの後に結婚の話はなかったことにすればいい。レース後のパフォーマンスだったことにすれば、周りだって納得するだろう」

カイの心境を読み取ったかのように、マテウスが言った。

レースの優勝を条件にしたものの、カイの意志をあくまで尊重しようとしてくれる。こういうところが、マテウスはずるいと思う。

なかったことになんて、できるわけがないよ……。

「そもそも、なんであんな条件を呑んだの？　ヒューゴの挑発に乗るなんて、マテウスらしくないよ」

誤魔化すようにそう言えば、マテウスが意味ありげな瞳を向けてきた。

「ヒューゴのやつが、真剣なのがわかったからな。……だから俺も、お前に対する気持ちが本気だってことを伝えたかった」

先ほどまでとは違う、真摯な瞳でマテウスがカイをじっと見つめてきた。

「あまり思い出したくはないが……学院時代の俺のお前に対する態度は、良いとはとても言えなかったと思う。いや、はっきりいって最悪だったな」

苦々しく言うマテウスに、カイは慌てて首を振る。

「そんなことは……」

「別に遠慮しなくていい。本当に、ガキみたいな態度だった。結婚を申し込んでお前が戸惑うのも、仕方がないと思う」

ゆっくりと自分の気持ちを吐露していくマテウスの言葉を、カイは静かに聞いていた。

マテウスがこんなふうに考えているなんて、思いもしなかった。

「でも、だからこそ俺のお前に対する気持ちが本気だって伝えたかった。だから、エア・レースで優勝したらその場で改めてプロポーズしようと思っていた。ヒューゴと競い合うことになったのは、誤算だったけどな」

なんとなく決まりが悪そうに、マテウスが言った。

これまで一度もエア・レースを経験したことがないマテウスが今回参加するのも、そういった理由からなのだろう。

実際の戦場ほどではないとはいえ、エア・レースにも危険が伴う。そうまでしても、マテウスはカイへの気持ちを証明したかったのだろう。

マテウスの言葉と思いに、胸に熱いものがこみあげてくる。ここまで言われて、ただ黙ってエア・レースの結果を見守ることなんて、できるわけがなかった。

「わかった。じゃあ僕も、マテウスが優勝したらマテウスのプロポーズを受けるよ」

マテウスの切れ長の瞳が、大きくなった。こんなに驚いたマテウスの表情を見るのは、初めてかもしれない。

「本当か……？」

自分で言っておきながら、カイの言葉に動揺するマテウスがおかしくて、思わずカイは笑ってしまう。

「だけど、くれぐれも無理をしないでね。ヒューゴが優勝した場合、ちゃんとヒューゴと話をするから……」

ヒューゴの真剣さは知っているため気は重かったが、はっきりと断ることができなかったカイにも非はあるのだ。

「その心配はない、真っ先に俺が戻ってくる」

マテウスはそう言うと、上背のある背を屈め、自身の顔をゆっくりとカイの方へと近づけてきた。

キスをされる、そう思った時には、カイの唇はマテウスのそれに触れていた。

本当にただ触れるだけの、優しい口づけ。

「な……！」

　一言物申したいところではあったが、避けることができたのにそれをしなかったのは自分だ。

　顔を真っ赤にするカイに対し、マテウスは涼しい表情のままだ。

「整備士たちと来たんだろう？　そろそろ司令部に戻った方がいいんじゃないか？」

「そ、そうする……！　またね、マテウス」

「ああ」

　未だ動揺している自分を誤魔化すように、カイは踵を返す。

　マテウスからの視線は感じていたが、敢えて気づかぬふりをした。

　司令部の建物に着くまで、カイの顔は熱いままだったし、心臓の音がうるさかった。

　この気持ちをなんというのか、カイは知っていた。

＊＊＊

　数年ぶりとなるミルトン・エア・レースは、軍の祝砲と、そして主催者であるニケルナの挨拶から始まった。

　長く続いた大戦を耐えぬいた国民に感謝の意を伝え、王立軍の勇士を称えたニケルナを、盛大な拍手で皆が盛り上げる。

国民に寄り添う身近な王室、を目指してきたニケルナの人気は高く、あちらこちらから女王陛下万歳の声が聞こえてきた。

どこまでも広がる青空に、白い鳥が放たれていく。

大戦中はこういった華やかな催しものは開かれなかったこともあるのだろう。王都中の人間が集まっているかと思えるほど、多くの人が会場へ足を運んでいた。

家族連れや老夫婦、恋人たちに同性だけのグループ。誰もが皆、楽しそうに今か今かとエア・レースが始まるのを待っている。

大戦中、物不足ではあったものの王都に直接的な被害がなかったとはいえ、それでも国民の表情はどことなく暗かった。

晴れやかな人々の顔を見て、ようやく大戦が終わったのだとカイは実感する。

招待客であるカイとオーリーに用意されたのは、スタート地点とゴール地点からほど近い場所にある席だった。

ニケルナをはじめとする王族の席はもう少し上部に用意されているが、カイの位置からでもレースの様子は十分によく見えるだろう。

そもそも、一旦機体が空に舞い上がってしまえばどこからでも楽しめるのがエア・レースの良さだ。

出場者が待機しているであろう機体へとカイは視線を向ける。

当たり前ではあるが、エア・レースの主役はパイロットたちだ。

出場者の紹介が行われる前から、パイロットたちはたくさんの人々から注目と声援を受けている。

その中でも、目に見えて多くの声援をもらっているのは、やはりマテウスだった。

機体に座ったマテウスの表情はここからではよく見えないが、おそらくいつも通りの涼し気な表情をしているはずだ。

「レース前に会いに行かなくていいのか？」

「え？」

「気になるんだろう、マテウスが」

無意識にマテウスの機体に視線を向けているカイに気づいたのだろうオーリーが、目配せをする。

「大会関係者でもあるわけだし、会おうと思えば会えるんじゃないか？」

オーリーに言われ、そういえばそうかと改めて思う。考えもしなかった。

「いや、いいよ……マテウスだってレース前は集中したいだろうし」

「どうせマテウスが優勝するのは決まったようなものだし、レース後のお前へのプロポーズのことしか考えてないんじゃないか？」

「……！　オーリー！」

さらりと口にされ、慌ててカイは周囲へと視線を向ける。

幸いなことに、自分たちの会話に耳を傾けている人間はいなかったようだ。

今回のレースの優勝者からのプロポーズを受けるという話を、カイはオーリーにだけはしていた。

本当は話すつもりはなかったのだが、マテウスと格納庫での一件があった後、明らかに動揺していたカイは、オーリーの誘導尋問に見事に引っかかってしまったのだ。

「レースが終わった後は忙しいだろうし、僕に会う余裕なんてないよ」

「そうか？　マテウスなら、真っ先にお前のところに来ると思うけどな」

確かに、カイが座っている席は前方にあるため、それこそやろうと思えばゴール地点の端、観客席のギリギリのところまで出ていけてしまう。

マテウスがそこまで来てくれれば、会うことは可能だろう。

まさかね……？　いや、だけどあの時マテウスは、国中の人間が注目する中って言ってたし……。

レース中はレースに集中しようとしていたのだが、オーリーの言葉により見事に頭がそのことを考えてしまう。

「それではこれより、今回出場する選手と機体の紹介を行います」

会場にアナウンスが流れ、慌ててカイは滑走路へと目を向ける。今はレースに集中しようと、アナウンスの声に耳を傾ける。

レースに使う機体は砲弾を搭載しないという条件さえ守れば、選手であるパイロットたちが選ぶことができる。

そのため、軍のパイロットたちは皆日頃使っている戦闘機を選んでいた。勿論、バトラックス以外を選ぶパイロットもいる。

けれど、ヒューゴの名前と機体が紹介された時だった。

「え……？」

驚きのあまり、身を乗り出して機体の確認をしてしまう。

それは隣にいたオーリーも同じだったのだろう。

「バトラックスじゃないのか……」

ヒューゴが選んだのは、バトラックスの改良前の機体、プシュケだった。

「積んでるエンジン自体は一緒だけど、プシュケの方が機体の重量は軽いし、スピードが出やすいからだと思う」

機体の軽さが、パイロットの生存率を下げていることを考えて、敢えてカイは改良時に機体を重くした。

「確かに、戦場と違ってリスクが少ない分、プシュケの方が勝算はあるだろうな」

「そうだね」

確かに、その通りだ。敵機からの攻撃を受ける可能性がないエア・レースならば、スピードが出る方が有利だ。

けれど、それがわかっていてもカイの心境は複雑だった。

おそらくそれは、初めて会った際にヒューゴがバトラックスを褒めてくれた言葉が印象に残っていたからだろう。

「それだけ、勝ちに拘る理由があるってことなんだろう」

表情を曇らせたカイを気遣うオーリーの言葉に、苦笑いを浮かべる。

操縦席に座るヒューゴの顔はわからないが、確かに入場してきた時からその表情は厳しかったように思う。

ヒューゴ以外もバトラックス以外の機体を選んでいるのだから、ヒューゴの判断は正しいことはわかっている。あくまで戦場でパイロットの命を守るために改良されたバトラックスなのだ。戦場以外でわざわざ選ぶ人間はいないだろう。

ただ、それがわかっていてもやはり気持ちは落ち込んだ。

その時、出場選手の紹介の中でもひときわ大きな声が上がった。慌てて視線を中央へ向ける。

「あ……」

遠目で見てもわかる。名前を呼ばれたマテウスが乗っていたのは、確かにあの時カイの目の前にあったバトラックスだった。

「なるほど、英雄が選んだのは、バトラックスだったか」

隣に座るオーリーが、ピューと口笛を吹いた。

マテウスが、バトラックスを選んでくれた。それがたまらなく嬉しくて、胸が熱くなった。

カイは、会場の中央を、マテウスが乗るバトラックスを、ただ見つめ続けた。


エア・レースのルールは簡単なようで、なかなか複雑だ。

まず、あちらこちらに並ぶパイロンという二つの並列した建物の間を通過し、あらかじめ決められたコースを飛ぶという正確性が求められる。

パイロンに接触したり、接触を恐れて上部を通過した場合、通過する際に機体が平衡性を失っていた場合、さらにコースから外れた場合はその都度結果の秒数に加算が行われる。

つまり、どんなにスピードが速くとも操縦に正確さが欠けた場合はその分減点されてしまうのだ。

予選では一人ずつ飛行を行いタイムを測定し、上位者四名が決勝へと進める。さらに、その四人でもう一度タイムを測定し、残った二人が決勝へと勝ち進む。

決勝は左右に分かれたコースを同時にスタートし、同じゴールを目指す。


主審の合図とともに、一人目、二人目とパイロットたちが順番に飛び立っていく。

さすがは大会のために厳選されたパイロットとでもいうべきか、パイロンにぶつかったり、大きくコースを外れる選手はいなかった。

それでも、やはりマテウスの操縦技術は群を抜いていた。カーブも速度をほとんど落とさずに曲がり、一定の高さで飛び続けていた。

「これはもう、勝負あったな」

圧倒的ともいえる速さと正確さでゴール地点に戻ってきたマテウスに対し、オーリーが呟くように言った。

カイ自身、目の前でマテウスが飛ぶのを初めて目にしたが、今まで見たどのパイロットより美しいその操縦に、息を呑んだ。

ここまでの練度を積むのに、どれだけの訓練を行ってきたのだろう。何より、他の機体よりも明らかに重量があるというのに、それを全く感じさせなかった。

ゴール地点に戻ってきたマテウスは最高記録を出していた。

最後二人のパイロットを残して、マテウスの予選通過は決まった。

このまま、おそらくマテウスの記録が塗り替えられることはないと、カイだけではなく、会場の誰もが思った。

けれど、そんなマテウスの記録をさらに超えていく者がいた。最終滑走者である、ヒューゴだった。

わずか一秒の差ではあるものの、ヒューゴはマテウスより最短の記録を出した。

コックピットを開けたヒューゴが記録を見て、拳を握って大きく振り上げた。

伏兵の登場に、会場も驚きながらも大歓声を送る。

そのまま一時間の休憩を挟んだ後、再び四組の選手は飛行を行い、最終的にマテウスとヒューゴの二人が決勝へと残った。

「まあ、予想通りといえば予想通りの結果になったな」

会場内にある出店で飲み物を買ってきたオーリーが、一つをカイへ渡す。

「……ありがとう」

礼を言って口をつける。今日は日差しが強いこともあり、冷たい飲み物は喉に心地がよかった。

「それで、どうするんだ?」

「え?」

「もし、ラッドフォード公爵の息子が勝ったら、お前はそっちと結婚するのか?」

オーリーの言葉に、カイがその瞳を大きく見開く。

確かに、あの時ヒューゴの出した条件に従うならば、ヒューゴが優勝した場合は彼との結婚を受け入れなければならない。

約束なのだから、仕方がないとはわかっている。けれど。

「……嫌だ」

無意識に零れた自分自身の本音に、カイ自身驚いた。

オーリーも意外だったのか、片眉を上げた。

「嫌って……気持ちはわかるけどな。約束を反故にするのはさすがに……」

「別に、約束を反故になんかしてないよ」

休憩が終わり、機体へと戻ってこようとするマテウスを見つめたまま、カイははっきりと言った。

「まだ、勝負は決まっていない。僕は、マテウスを信じてる」

カイと約束したのだ。マテウスなら、必ず一番にゴールへ戻ってきてくれる。

今は、ただマテウスの勝利を信じようと、そう思った。

カイの強い気持ちが伝わったのだろう。オーリーは短く嘆息すると、小さく笑みを浮かべた。

「それもそうだな。……悪かった、お前の言う通りだ」

カイは頷き、もう一度マテウスの方へ視線を向ける。

これだけ距離があれば互いの表情は見えていないはずなのだが、カイにはなぜか、マテウスの表情がとても落ち着いているように見えた。

マテウスとヒューゴが、機体へと乗り込む。アナウンスが、決勝に残った二人のパイロットの名前を紹介する。

一度沸いた会場が、シンと静まり返る。

スタートの合図とともに、マテウスとヒューゴがそれぞれの方向へと滑走路を走らせた。

空へと浮かび上がったのは、マテウスの方が早かった。

おそらくヒューゴの機体の方がトップスピードが速いことを知っているため、先手必勝だと思ったのだろう。短い滑走でもうまく浮かび上がることができるのは、マテウスの操縦技術があるからだ。

ヒューゴも浮かび上がる頃には、既にマテウスは一つ目のパイロンに差しかかるところだった。

勿論ヒューゴも負けてはおらず、マテウスに続くようにパイロンを通り抜けていく。

一本目、二本目。すさまじい轟音(ごうおん)を立てながら、しかし器用にマテウスはパイロンを通り抜けていった。

そして、最初に遅れをとってしまった焦りがあるからだろうか、ヒューゴが、三本目のパイロンにわずかではあるが右翼を掠ってしまった。

「あ……」

飛行は安定しているため、機体が損傷するほどの接触ではないようだが、秒数は加算されるはずだ。

マテウスは、四番目のパイロンもなんなく通り抜けていく。パイロンの幅がそれぞれ違うはずなのに、機体を斜めにし、器用に調整しているようだ。

……なんて、きれいなんだろう。

パイロンを突破した銀色のバトラックスが、再びゴール地点へと戻ってくる。

太陽の光の下、光を浴びたバトラックスはまるで大きな鳥のようだった。

けれど、ヒューゴも負けてはいない。最初の遅れを取り戻そうと、スピードを上げてくる。

接触により秒数が加算されていることも、わかっているのだろう。単純なスピード勝負となってしまうと、重量のあるバトラックスの方が不利だ。

カイは強く願い、そしてマテウスとヒューゴは、ほぼ同時にスタート地点となるゴールへと戻ってきた。

「どっちだ⁉」

会場にいる誰かが、大きな声を出した。

気持ちが抑えられず、カイも思わず立ち上がってしまった。

僅差ではあるが、マテウスの方が早くゴールを飛び抜けていったように思う。けれど、審判はどう判断するかわからない。

レース結果は、少し時間をおいて発表されることが決定した。それだけ審判団も判断に迷いがあったのだろう。

そして数十分後、一度レース本部へ姿をくらませていた審判団が、再び中央へ戻ってきた。

マテウスもヒューゴも、コックピットを開けたまま、今か今かと審判の判断を待っている。

「準優勝、ヒューゴ・ラッドフォード」

会場内に、どよめきが走った。けれど、さらに審判は言葉を続けた。

「優勝、マテウス・フォークナー」

マテウスの名前が呼ばれた途端、本日一番の歓声が会場中から上がった。

整備士や軍の人間が、マテウスとヒューゴにそれぞれ駆け寄っていく。

よかった……！

大歓声を上げる人々の間で、カイは一人マテウスを見つめていた。

興奮する周りの人間とは対照的に、マテウスはゆっくりと空を見上げ、次に大きな手で左胸の部分をギュッと摑んだ。

あ……。

飛行服の左胸には、この国の、ブルターニュ王国の国旗が描かれている。

大戦で空軍を指揮していたマテウスは、たくさんの仲間が空で死んでいったのを見てきたはずだ。

カイとの結婚だけではない。マテウスは、多くのものを背負ってこのエア・レースへと挑んだのだ。

死んでいった仲間たちのためにも、マテウスにとっては負けられない戦いだったはずだ。

そしてその勝利により、マテウスはこの国に平和が訪れたことを知らしめた。

機体を降りたヒューゴが、バトラックスまで歩いていき、未だ機体の上にいるマテウスへ手を伸ばした。マテウスの勝利を称えるためなのだろう。マテウスも、ヒューゴの手をがっちりと摑み、その瞬間、会場は大いに沸いた。

気がつけば、カイの頰には涙がつたわっていた。

「あ、おいカイ……？」

頭で考えるよりも、身体が先に動いていた。

人混みを避けながら階段を下り、滑走路に一番近い場所まで下りていく。

マテウスも、カイに気づいたのだろう。周囲の仲間たちに一言二言話しかけると、機体を降りて、観客席の方まで足を進める。

このレースの勝利者である英雄が近づいてきたことで、観客たちは驚きながらも動揺を見せていた。

けれどマテウスは、そんな人々には目もくれず、ただ一人のもとへまっすぐに駆け寄っていった。

マテウスに向かい、身を乗り出したカイを、軽々とマテウスが抱きとめる。抱きとめるどころか、そのままふわりとカイを抱き上げた。

「おめでとう、マテウス」

抱き上げられたまま、カイがマテウスの勝利を称える。ヘルメットをかぶっていたからだろう、マテウスの額にはりついている髪を取ろうと、優しく手を伸ばす。

「ああ、ありがとう。……カイ・ウィンスター」

改めて名を呼ばれ、カイの表情が少しだけ緊張する。

「俺と、結婚してください」

カイの瞳が、これ以上ないほど大きく見開く。同時に、自分の頬が熱くなっていくのを感じた。

「はい、喜んで……」

涙声になってそう言った瞬間、客席から大きなどよめきと歓声が聞こえてきた。

そこでようやくカイは、マテウスと自分が会場中の注目を集めていたことを知った。

「え……？　は!?」

たくさんの人々の視線を受けながら、マテウスに抱き上げられている自分。

ど、どうしよう……恥ずかしすぎる。

「おい、動くと危ないぞ」

慌てて下りようとするが、マテウスによって止められてしまう。

そのうち、客席の人々がマテウスの名前を呼び始める。

「おめでとう」「素晴らしかった」「感動した」

数多の賞賛の言葉はマテウスの耳にも勿論届き、カイを抱き上げたまま、客席に対し爽やかな笑顔を向けた。

自身に向けられている言葉ではないとはいえ、カイも嬉しくなり、自然と頬が緩む。

表彰式が始まるまで、二人は観客からの多くの声援と労い（ねぎら）の言葉を受け続けた。

5

部屋の中央にある棚の上に飾られた大きな写真を見ると、自然と頬が緩んでしまう。嬉しいような、面映ゆいような、そんな気持ちになった。

写真は、三か月前のミルトン・エア・レースで、マテウスがカイを抱き上げている場面を写したものだ。

あの時には気づかなかったのだが、何人ものカメラマンが二人を撮っていたらしい。

最新の技術で着色された写真は、あの瞬間の二人を見事に切り取っている。

一応関係者ではあるものの、観客であるカイがあの場所にいるのはあまり褒められたものではないのだが、それだけマテウスの勝利が嬉しかったのだろうと周囲は思ったようだ。

さらにこの写真は発行された新聞の一面記事にも使われており、二人の関係は王都上に瞬く間に広まってしまった。

『恋人たちの最高に幸せな瞬間』と題された写真は、翌日には王都中の話題となった。実際、互いの顔だけを見つめあう二人は、とても幸せそうに見えた。

マテウスは勿論この国の英雄で、時の人でもあるのだが、科学者としてバーチュー勲章を手にしたカイもそれなりに名は知られている。

　これまで公の場に滅多に顔を出さなかったのもあるのだろう。『英雄の恋人は、美しき航空機の開発者』等と記事には書かれ、カイの存在も知られることになってしまった。

　一部の貴族たちにしてみれば、エリックの元婚約者であるカイはいわくつきの存在になるが、多くの国民にとってはそうではなかったようだ。

　むしろ、王太子妃の椅子には座らず、自ら英雄の伴侶となることを選んだカイのことを、好意的に受け取っていた。

　それはそれで事実とは異なるのだが、とりあえず自分の存在がマテウスにとってマイナスにならなかったことに、カイは安堵した。

　二人の関係が、これだけ周知されてしまったからだろう。カイとマテウスの結婚に乗り気ではなかった両親も、さすがに賛成せざるを得なかったようだ。

　勿論それには、あの後すぐに結婚の申し込みの辞退を申し入れてくれたヒューゴと、さらに自ら結婚を申し込みに来てくれたマテウスの影響も大きい。

　目の前で英雄に頭を下げられ、これ以上の反対は意味がないと思ったのだろう、最後は、二人とも笑顔で了承をしてくれた。

　なお、形の上では辞退をしたヒューゴだが、何かあった場合はいつでも自分のもとへ来て欲しいという、なんともいえない台詞をカイへと残していった。

それをマテウスの目の前で行ったものだから、思い切り睨まれていたことは言うまでもない。最後までヒューゴの肝の据わり方は、なかなかのものだった。

そんなふうに色々なことがありながらも、二人はようやくひと月前に結婚した。

しかし結婚したとはいえ、二人がともに夜を過ごしたことは、一度もなかった。

ようやく今日、マテウスが一か月ぶりにこの家に帰ってくることになっていた。

結婚してから一か月もの間マテウスが家から足が遠のいていたのは、その多忙さゆえだ。

新居として大きな屋敷をカイのために用意してくれたにもかかわらず、肝心のマテウスがこの家に帰ってきたことは片手で数えるほどしかなかった。それだって、任務や訓練の忙しい合間を縫い、なんとかカイの顔を見るために一時的に帰宅していたのだ。

だから、カイと少し会話をして簡単な食事を済ませると、すぐさままた出かけていってしまう。

カイの結婚生活は、広い屋敷に数人の使用人たちと暮らすという、なんともほろ苦い始まりとなってしまった。

それでも、出張先からでも必ずマテウスは電話をくれていたし、家に帰れないことをその都度申し訳なさそうに謝ってもくれた。

確かに、レース後に抱き合った時の高揚した気持ちには水を差されてしまったような状況ではあるが、それに臍を曲げるほどカイは子供ではない。

むしろ、自分を気にかけてくれるマテウスの気持ちを嬉しく思った。

そして、二人の結婚が教会によって認められてから一か月。ようやくマテウスは地方での仕事を終え、この家に帰ってこられることになった。

あらかじめ聞いていた時間まであと三十分ほどではあるものの、カイはどうも気持ちが落ち着かなかった。

部屋の中は使用人たちによって磨き上げられているし、料理も事前に聞いていたマテウスの好物ばかり作ってもらった。

出迎えの準備は完ぺきにできているはずなのだが、そわそわと気持ちが落ち着かないのは、おそらく今日が二人で過ごす初めての夜になるからだ。

カイは今日まで一人で眠ってきた、大きなベッドに腰かけた。

初夜、という言葉が頭に浮かんだ瞬間、自然とカイの頬に熱が溜まる。

ヒートが来たことはないというのもあるのだろう。カイはどちらかというと性に対して淡白で、性行為のやり方は知ってはいるものの、経験は勿論ない。

あまり考えないようにしていたものの、マテウスが帰ってくる日が近づくにつれ、カイも意識をしてしまっていた。

とはいえ、カイには一つの疑問があった。マテウスの自分に対する気持ちは疑いようがないし、カイだってマテウスのことが好きだ。けれど、いくらオメガであるとはいえ、ヒートが来ない自分にマテウスは情欲を覚えるのだろうか。

　これまでヒートが来ないことにこれといった支障は抱いていなかったカイではあるが、マテウスが自分に対して性欲を感じない可能性を考えた瞬間、ツキリと胸が痛んだ。

　おそらくマテウスは同性愛者ではないはずだし、それも仕方がないことはわかっているのだが。

……考えても、仕方ないか。

落ち込みそうになる気持ちを誤魔化し、カイは立ち上がる。

そろそろ予定されている帰宅時間であるし、一階に下りた方がいいだろう。


「なかなか、大層な出迎えだな」

カイが中心に立ち、執事や使用人たち皆で並んで待っていた姿を見たマテウスは、可笑しそうに頬を緩めた。

予定していた時間通りに帰宅したマテウスは、長期の出張の疲れを全く感じさせなかった。

いつも通り黒い軍服を颯爽と着こなしたマテウスは、すぐ近くにいた執事へ鞄を渡す。

その後すぐにカイと目を合わせると、なんとなく互いに照れたような笑みを浮かべてしまう。

「お帰りなさい、マテウス」

カイがそう言えば、マテウスの瞳がわずかに見開いた。

「何？」

「いや……家族になったんだなって、思って……」

言われて、カイも気づく。ただいま、お帰りなさいというやり取りは、確かに一般的に家族間で交わされる挨拶だ。

「う、うん……」

結婚したのだから当たり前ではあるのだが。改めて口にされると、カイの方もなんだか気恥ずかしくなってしまう。

普段と変わらない様子だったため気づかなかったが、カイと同じように、マテウスも多少は気持ちが浮ついているのかもしれない。

「ただいま、カイ」

マテウスの言葉に、カイは笑顔で頷いた。そうして、しばらく見つめあっていたのだが。

「さあお二人とも、お食事になさいましょう」

メイド長によって声をかけられ、互いにハッとする。

「あ、ああ。着替えてくる」

「僕も、準備を手伝ってくるね」

視線を逸らし、何事もなかったかのように振る舞う。けれど、周囲からは二人の気持ちなどお見通しなのだろう。

結婚したばかりの二人が、一か月近くも離れていたのだから、何も恥ずかしがる必要はないことはわかっている。

色恋沙汰とは無縁の立場だったこともあり、どうにもこういうことには慣れない。

それでも、周囲から向けられる穏やかな笑みは、嫌な気持ちにはならなかった。むしろ、くすぐったいような、とても幸せな気持ちだった。

二人きりの夕食は、想像していた以上に楽しいものだった。

カイ自身もあまり饒舌ではなく、マテウスもそんなに多弁な印象はなかったのだが、基本的に話し上手なのだろう。

食事をとりながらも絶妙なタイミングで話題を振ってくれるため、自然とカイの口数が多くなった。

意外と冗談も言うようで、それがまた可笑しくて、笑ってしまって何度か食事の手が止まってしまうほどだった。

学院時代からマテウスのことは知っていたとはいえ、自分が知っているのは彼のほんの一面に過ぎなかったのだろう。

「いいな、こういうの」

「え？」

「温かい部屋の中で、美味い料理を食べながら、お前と話ができる。少し前には、想像もできなかった」

そう言ったマテウスは、ほんの一瞬だけ遠い目をした。

戦場での生活をマテウスは詳しくは話さないが、気候はここよりもずっと厳しかったという話だし、食事だって落ち着いて食べることはできなかったはずだ。

今の平和が、どれだけ貴重なものであるのか。マテウスは誰より実感しているはずだ。

「そうだね。今日はハンナに全部任せちゃったけど、なるべく夕食はこれからも一緒に食べたいな。マテウスも忙しいとは思うんだけど、料理も覚えたいと思ってるんだ」

ハンナはこの家の料理長だ。元々はカイの家の料理長のすぐ下で働いていたのだが、カイの結婚を機にこちらに来てくれたのだ。この家のすぐ近くに家族とともに暮らしているため、働くのに便利だというのも理由の一つだ。

「カイが料理を？　それは楽しみだな」

マテウスが愉快そうに笑った。

「冗談だと思ってる？」

「そんなことはないが。ただ、別に無理をする必要はない。お前だって仕事を持ってるんだ。家のことは、他の人間に任せればいい」

「うん……ありがとう」

結婚をした後は、仕事をやめるオメガも多いという話だが、カイはそのつもりは一切なかった。

マテウスもカイの意志を尊重してくれたため、研究所での仕事をそのまま続けることができている。

ささやかなところではあるが、理解のあるマテウスにカイは幸せを感じていた。

＊＊＊

食事の時間、笑いすぎてしまったこともあるのだろう。カイの緊張はすっかり解けており、湯浴みを終えて寝室に戻ると、いつも通りベッドの上で読書を始めた。

眠る前に本を読むのは、カイの日課だった。

「珍しいな、お前が小説を読んでいるなんて」

カイの後、湯浴みを終えたマテウスが寝室へと戻ってきて、手の中にある本に視線を送る。

普段は専門分野の本を読むことが多いのだが、今カイが読んでいるのは小説だった。

「ルーシーに勧められたんだ。ベータ同士の男性の、友情とも愛情ともいえない関係の話なんだけど、なかなか面白いよ」

作中の男性はどちらもベータで、当初は恋愛対象は異性だと思っていた。けれど、二人は出会ったことで強く惹かれあうことになる。

バース性が認められて以降、ブルターニュ王国では同性同士での結婚も認められるようになったが、アルファとオメガ以外の婚姻も最近は多くなっていると聞く。

「ああ、タイトルだけは知ってる。今王都でも売れているらしいな」

機械革命以降、印刷技術も進化し、国内では今たくさんの本が売られている。

マテウスが、カイの座るベッドの隣へと腰かけた。

「マテウスも読んでみる？」

「そうだな」

隣に座るマテウスの髪から、微かに花のかおりがした。カイの髪からも、同じ洗料のにおいがするはずだ。

戦闘機乗りのマテウスからは、いつも機械油のにおいがしていた。

カイ自身もよく知るにおいであったため気にならないのだが、他のパイロットは気を使って香水をつけている者もいるようだ。

けれど、どんなにマテウスとの距離が近づいても、カイはアルファであるマテウスのにおいを感じ取ることはできない。

マテウスからは、本当はどんなにおいがするんだろう……。

自然と、カイがマテウスへの距離を縮めてみると、ちょうどこちらを向いたマテウスと視線が合った。

なんとなく微笑(ほほえ)みかければ、マテウスがわずかにその切れ長の瞳を見開いた。

マテウスの顔が、ゆっくりとカイへ近づいてくる。花のかおりが強くなった。

カイの唇が、マテウスのそれでふさがれる。カイが瞳を閉じたところで、マテウスの舌がゆっくりとカイの口内へ入ってくる。

熱い舌に歯頸(しけい)をなぞられ、ぞくりと身体(からだ)が震えた。

唇を重ねたまま、マテウスがその大きな両の掌(てのひら)がカイの肩を掴(つか)み、ゆっくりとカイの身体をベッドの上へ押し倒した。

ようやく唇が離され、ベッドに横たわったカイが瞳を開けば、目の前にはマテウスの顔があった。

端整な顔立ちに至近距離で見つめられ、胸が高鳴る。そのままぼうと見つめていれば、マテウスの手がカイの上衣の裾(すそ)からするりと中へ滑り込んできた。

「ま、待って……！」

我に返ったカイが、慌てて身体をよじった。

「……嫌なのか？」

ムッとしたように、マテウスが言った。

「え？」

「心の準備が、まだできていないというなら、待ってもいいが……」

「いや、その……」

キスをされながら、マテウスに押し倒されている自分。そして、自分の身体に触れようとするマテウス。

この状況が何を指し示しているのか、いくら色事に鈍いカイでもさすがにわかる。

「確認したいんだけど。マテウスは、僕と性行為をしようとしてるってことで、あってるかな……？」

言いながら、どんどん頬が熱くなっている。

「この状況でそれ以外の何があるっていうんだ？」

少し呆れたように、マテウスが言った。

「それはそうなんだけど！」

よかった、あっていた。自分の自惚れだったら恥ずかしいと思っていたため、少しだけ安堵する。

「でも、マテウスも知っているように、僕はオメガだけどヒートが来ない」

オメガが皆、ヒートの最中に性行為を行うわけではない。

けれど、ヒートが来るオメガはアルファのにおいを感じ取ることができるし、アルファもまたオメガのにおいに強く惹かれるはずだ。

「それがどうした？」

「いや、だって……」

ヒートが来ていない、オメガとしてのにおいを発することができない自分に、マテウスは情欲を覚えることができるのだろうか。

「もう一つ確認したいんだけど」

カイが言えば、マテウスが無言で頷く。

「マテウスは異性愛者だよね……？」

学院時代からマテウスはとても人気があり、交流のある女学校の生徒と時折噂になっていたのをカイは知っている。

それこそ街に出た時、女性とデートをしていた姿を見たことだってあった。

「過去に付き合ったことがある相手はみんな女だな」

わかってはいたことだが、マテウスの言葉になんとなくショックを受けてしまう。

「……大丈夫？」

「大丈夫の意味がわからないんだが……」

「だって僕はオメガだけど他のオメガのようににおいを発することもできないし、マテウスは同性が恋愛対象じゃないでしょう？　だから……」

だんだんと、自分の声が小さくなっていくのがわかる。

結婚するのだから、マテウスと行為を行うことを考えなかったわけではない。

けれど、もしマテウスが自分に対して性欲を抱けなかったら、それを考えるとやはり傷ついてしまう自分がいたため、敢えて考えないようにしていたのだ。

これまでカイは、誰かに自分に対して性欲を持って欲しいと思ったことなんてなかった。

だけど、マテウスに対しては違った。

できれば、マテウスには自分に対して性的欲求を感じて欲しいと、そう思っていたのだ。

ただ、それがとても難しいことだということもわかっていた。

「だからもし、その難しいようだったら無理をしなくても……」

「別に無理なんてしていない」

カイの言葉は、途中でマテウスによって遮られた。

マテウスは小さくため息をつくと上半身を起こし、手元にあるスイッチに手を伸ばして白熱灯を消した。

部屋の中が、サイドテーブルに置かれたカンテラの頼りない光に照らされる。

「前にも話したかもしれないが、俺はお前がオメガだから惹かれたわけでも、好きになったわけでもない。カイだから、好きになったんだ」

再びカイに覆いかぶさったマテウスが、真摯な瞳でカイを見つめる。

「だいたい、なくてもいいんじゃないか？　ヒートも、オメガとしてのにおいも」

「え？」

「そんなものがなくても、お前は十分魅力的だ。だから、俺はお前を抱きたいと思う。それじゃダメか？」

目頭が熱くなる。どうしてこの人は、自分が欲しい言葉をいつもくれるんだろう。

「ダメじゃない……」

首を振り、目の前にあるマテウスの顔をじっと見つめたカイは、はっきりとそう口にした。

マテウスは微笑み、カイの額に触れるだけのキスを落とした。

軽く触れあうだけのキスを何度か交わし、キスはどんどん深くなっていく。

「は……んっ……」

鼻にかかったような、甘い声が出てしまい気恥ずかしい。

夏が終わり、そろそろ気候は涼しくなっていたが、自分の体温が上がっていくのを感じる。

口内をマテウスの熱い舌がかきまわしていき、ぞくりとした感覚が背筋にはしる。

マテウスの舌は、最初からカイの気持ちの良い場所を知っているかのようだった。

おずおずと舌を出せば、絡めとられ、互いの粘膜が重なるのが気持ち良い。

「……ふっ……あっ……はっ…………」

こんなに深い口づけをしたのは初めてで、どうすればいいのかわからないながらも、カイはマテウスのそれを必死で受け止める。

ようやく唇を離されれば、慌てて息を吸った。マテウスに小さく笑われたのがわかり、じとりと視線を向ける。

「し、仕方ないだろう。どうやって息を吸えばいいのかわからなかったんだ」

正直に話せば、マテウスが目を何度か瞬(しばたた)かせた。

「まさか、初めてだったのか……？」

二十代も後半になるのだ。こういった経験がない方が珍しいだろう。

「だって、そんな機会なかったし……」

なんとなく決まりが悪くなり、カイはこっそりと視線を逸らした。

「別に、恥ずかしがるようなことじゃない」

マテウスが、カイの前髪を優しくかき上げた。

「お前の髪は、きれいだな。この髪にずっと触れたいと思っていた」

楽しそうにそう言うと、マテウスは今度はカイの首筋へと唇を落とす。

「ん……………」

くすぐったさに身をよじる。

唇での愛撫をあちらこちらに施され、そうしているうちにもマテウスの手は慎重にカイの身体へ触れていく。

マテウスの手が巧みなのだろう、肌を撫でられているだけなのに、カイの肌はびくびくと反応してしまう。

カイの様子を見ながら、少しずつマテウスがカイの服を脱がしていく。

その様子があまりに自然なものであったため、外気に触れたことによってようやくカイは、自身の上半身がはだけていることに気づいた。

恥ずかしさに閉じていた瞳をうっすらと開けば、マテウスもいつの間にやら上半身が裸になっていた。

厚い胸元が目の前に広がり、恥ずかしさにこっそりと視線を逸らしてしまう。

そんなカイとは対照的に、マテウスがカイの身体をじっと見つめていることがわかる。

「あんまり、見ないで……」

「どうして？」

「マテウスみたいに、鍛えてるわけじゃないし」

貴族の男子は逞しい身体を持たなければならない、という習わしがブルターニュ王国にはある。

けれど、オメガであるからなのか、それとも体質からなのか。カイの身体は鍛えたところでうっすらとした筋肉しかつけることができなかった。

「俺の場合は、身体を作るのも仕事だからな」

「それは、そうだけど……」

会話をしながらも、マテウスの視線はカイの身体から逸らされることはない。

気恥ずかしさに自然と腕で隠そうとすれば、すぐさまマテウスの手でそれは止められた。

思わず、抗議の視線を向ければ。

「……ずっと、お前の身体を見たいと、触れてみたいと思ってたんだ。正直、嬉しくてたまらない」

え……？

マテウスにしては珍しい、気持ちの吐露だった。

さらにマテウスはそのまま、自身の唇をカイの胸元へと近づける。

「あっ…………！」

胸の突起を舐められた瞬間、びりりとした電流のような快感が起こった。

「気持ちよかったか？」

胸元から唇を離したマテウスに問われたものの、咄嗟にカイは返事ができなかった。

心臓の音が、いつもより大きく聞こえた。

マテウスは微笑むと、そのまま再びカイの胸元へ口づけを落とす。

「ひゃっ………」

先ほどとは違い、マテウスの舌は意思を持つようにカイの突起を嬲っていく。強弱をつけて小さな尖りに吸いつかれ、自身のそれが形を帯びていくのがカイにもわかった。

カイが抵抗しなくなったのがわかったのだろう。マテウスはカイの腕から手を離すともう一つの胸の突起へと指で触れた。

「やっ……あっ………」

両の胸を刺激され、たまらない感覚に身をよじる。

甘やかな声が自分の口から零れていることに恥ずかしさを感じながらも、抑えることができない。

そのままマテウスが、カイの下腹部へ手を伸ばす。

わかってはいたことだが、カイの性器はしっかりと熱をもっていた。

「反応してるな」

薄い布越しに触られただけで、ビクリと身体が震えた。

「だって……！　マテウスが！」

「別に恥ずかしかることじゃない。それに、わかっただろう？　ヒートなんてなくとも、互いのにおいを感じなくても気持ち良くなることはできるんだ」

カイの下腹部を撫でながら、マテウスが優しく言った。

そのたびに、カイは気持ち良さにその身体を揺らしてしまう。

「だいたい、反応しているのは俺だって一緒だ」

マテウスが、カイの太腿へと自身の昂ぶりをあてる。

「あ……」

布越しでもしっかりとわかるくらい、マテウスの下腹部もまた反応していた。

マテウスが、自分に情欲を感じてくれている。嬉しさと恥ずかしさで、どう反応してよいのかわからなかった。

カイが固まってしまったからだろう、その隙にマテウスは、カイの下衣も下着も、見事に剝ぎ取ってしまった。

「え？　あっ」

これまで隠れていた下半身が、外気に触れる。

慌てて足を閉じようとすれば、マテウスがカイの足の間に手を伸ばし、ささやかに主張する部分へ触れる。

薄々わかってはいたものの、先端が濡れていることに気づき、ますます顔に熱が溜まっていく。そのまま柔らかく握りこまれ、上下にマテウスが扱き始める。

「ふっ……あっ……」

手の摩擦により、快感は高められていき、艶めいた声が漏れていく。

自分自身の手で触ったことは勿論あるが、こんなふうに気持ちよいと感じたことはなかった。

身体の力が抜けていくのを感じる。

あ、ダメ…………！

もう少しで、達してしまうという時だった。手の動きが止まり、思わずカイはマテウスへ視線を向けた。

「え……」

カイが制止の声を上げる前に、性器はマテウスの口内に呑み込まれていった。

「……あっ…………！」

温かい粘膜に包まれ、喉から声が零れ落ちる。

「ひゃ……………！　やっ…………」

初めての口淫の快感に、身体がどんどん熱くなっていく。

さらにマテウスはその大きな掌で、カイの足を開かせ、奥の狭まった部分へ指を伸ばした。

「ひっ……………!」

男性同士の性行為なのだ。そこを使うことはうっすらわかっていたとはいえ、いざとなると身体が強張った。

マテウスも気づいたのだろう。カイの性器を強く吸い、再び身体の緊張を解そうとする。

「待って、もう、出ちゃ……!」

さすがにマテウスの口の中に吐き出すことは気が引けて、なんとか逃れようと身体をよじる。

そしてカイの蜜口から精が零れ出されるという瞬間、ようやくマテウスが性器を解放してくれた。

頭の中が真っ白になり、心臓の音が速くなる。

「濃いな……日頃からあまり触っていないのか?」

肩で息をするカイに、マテウスが声をかけてくる。

羞恥心から涙目で睨む。けれど、そんなカイの様子を見てマテウスは思い切り口の端を上げた。

「まあいい、これからは俺が触ってやる」

楽しそうにそう言うと、ベッドサイドのテーブルの上に置いてあった香油の瓶に手を伸

ばす。そろそろ空気が乾燥してきたため、メイドが保湿のために用意していたものだ。

マテウスは香油を自身の手に垂らし、時間をかけてカイの双丘に指を伸ばす。

「はっ…………！」

予想していたひやりとした感覚はなく、むしろ差し込まれた指は温かかった。

そこでようやく、マテウスが香油を手の中で温めてくれたことがわかる。

カイが初めてだということもあるのだろう、マテウスは慎重にカイの隘路（あいろ）を拡げていく。

「ごめん……」

オメガは潤滑剤がなくとも、自らそこを濡らすことができるのだそうだ。けれど、ヒートが来ないカイの秘孔は閉じられたままだ。

マテウスは何も言わず、カイの頬に触れるだけの口づけを落とした。

開かれた脚の間を、マテウスの指がかきまわしていく。

ゆっくりだった指の動きは少しずつ速くなり、独特の粘着音が聞こえてくる。

「ん………」

「痛みは？」

「だい、丈夫……」

異物感はあるが、痛くはなかった。

カイの様子を見ながら、マテウスの指が二本、三本と増やされていくのがわかる。指を動かしながらも、マテウスは時折カイの身体のあちこちにキスを落とした。

初めての経験であるカイでも、マテウスのやり方がとても優しいものであることはわかった。

「ひゃっ………！」

増やされた指が、ある一点に触れた時、高い声が漏れた。

な、なに……？　今の……。

経験したことがない感覚に、身体が震えた。

先ほどまでの異物感とは全く違う、むず痒いようななんとも言えない感覚だった。

もっとそこに触れて欲しい、そんなふうに思った時、カイの内壁からマテウスの指が抜かれた。

「あ……」

思わずマテウスに視線を向ければ、下穿きを寛げていたマテウスとちょうど目が合った。

なんとなく照れくさくて目を逸らしてしまう。

「カイ」

けれどマテウスはそんなカイの名を呼び、敢えて視線を向かせようとする。

マテウスの逞しい腕が、カイの白い太腿を抱えていく。

カイの窄まりに、マテウスの太い先端が当たったのがわかり、わずかに身体が震えた。

「大丈夫か？」

気づいたマテウスが、優しく声をかけてくれる。

同じ男だからわかる。張り詰めたマテウスの怒張は既に限界にきているはずだ。

それでもなお、カイのことを気遣ってくれるマテウスの気持ちが、嬉しかった。

「うん……大丈夫。僕もマテウスを、感じたいから」

カイの言葉に、マテウスが面食らったような顔をした。

「悪い……止められそうにない」

そして独り言のようにぼそりと呟くと。

「え？　ひゃっ」

すぐさまカイの腰を浮かせ、カイの秘部へゆっくりと屹立を挿入させていく。

「ひっ…………！」

あらかじめ解されていたとはいえ、指よりもさらに質量のあるそれに、目の前がチカチカした。

「カイ、力を抜け」

マテウスが息を吐きながら、カイの耳元へと囁きかける。そしてそのまま、耳朶を甘噛みされた。

「う、うん……」

短い呼吸をし、なんとか身体の力を抜くように努める。

緊張を解くためだろう、マテウスが先ほど精を放ったカイの性器を優しく包み込んだ。

弱い部分に触れられ、力が抜ける。

その瞬間、ずぶりと身体の中心が貫かれるのを感じた。

「あっ……はっ…………！」

痛みはなかった。苦しいけれど、耐えられないほどではない。

そんなことよりも、カイはマテウスを受け入れたい一心だった。

ようやく全(すべ)てが収まり、息を吐いて呼吸を整える。

「動いてもいいか？」

マテウスに問われ、こくりと頷く。カイの了承を得られたからだろう、マテウスが自身の腰を動かし始めた。

「はっ…………！」

マテウスの昂ぶりが、カイの粘膜を擦(こす)っていく。

指では届かなかった奥の深いところまで抉(えぐ)られ、感じていた圧迫感が少しずつ違う感覚に変わっていく。

「ふっ……ああ……やっ………！」

静かな部屋の中、嬌声(きょうせい)と互いに肉がぶつかる音、そして結合部の粘着音がよく聞こえた。けれど、それを気にする余裕などカイにはなかった。

うっすらと瞳を開けてみれば、目の前にあるマテウスの眉根が寄っていた。

だがそれは苦しさからくるものではなく、快感からくるものだということがわかる。

腰を揺らすマテウスの口からも、吐息のようなものが零れていた。

自分だけじゃない。ちゃんと、マテウスも気持ち良くなってくれている。

それが嬉しくて、朦朧とする意識の中、カイはマテウスの背に手を伸ばす。

甘えるような仕草に、マテウスが気を良くしたのだろう。腰の動きが速くなり、カイはギュッとマテウスの背にしがみついた。

「やっ……あっ……はっ…………!」

もっと奥まで突いて欲しい。いつの間にか、自身の腰が揺れていることにカイは気づいていた。

身体を繋げながらも、マテウスは時折カイの顔や首筋、あちらこちらにキスを落とした。

「気持ち……い…………」

心の声が言葉となって発せられた時、カイの中にあったマテウスの怒張がさらに質量を増した。

「え……？」

「全く、お前は……！」

マテウスがカイの唇をふさぎ、さらにカイの中を抉っていく。

気持ち良さに、頭が溶けそうになる。

一度精を放ったカイの性器も勃ち上がっており、マテウスがギュッとそれを掴んだ。

「うっ……はっ……やっ…………！」

二つの刺激に、カイ自身も限界だった。

そしてそれは、マテウスも同じだったのだろう。息が苦しくなるほど強く抱きしめられ、自分の身体の奥に熱い液体を注がれていくのを感じた。

ぼんやりとした視界の中、カイの性器からも白濁が零れ、マテウスの腹を濡らしているのが見えた。

けれどマテウスはそれを気にすることなく、カイのことを抱きしめ続けた。

どちらの肌も、しっとりと汗ばんでいた。

多幸感に包まれながら、カイはゆっくりとその瞳を閉じた。

6

マテウスの朝は早い。

大戦で戦果を上げ、二階級特進となったこともあるのだろう。航空部隊、特にパイロットたちのトップに立っている今の役職の責任は重く、誰よりも早く出勤しているようだった。

その代わり、帰りは比較的早く帰ってこられるため、夜はゆっくりと過ごすことができた。

カイの出勤時間とは勿論合わないため、マテウスは自分のことは気にしなくてよいと言ってくれたのだが、さすがにそれは気が引けたし、カイもマテウスのことは毎朝見送りたかった。

そのため、マテウスと同じように早起きの習慣がついたからだろうか、遅い時間帯まで読書や仕事をするという、これまでの夜型の生活が改善されたこともあり、カイの身体の調子も以前よりも良くなったような気がする。

「じゃあ、行ってくる」

黒い軍服姿のマテウスを、玄関先まで見送る。

寝ぼけ眼で部屋着のままのカイとは対照的に、マテウスは頭の上から爪の先まで完ぺきに整えられていた。

白熱灯の下に照らされた、マテウスの金色の髪が輝きを放っている。

結婚してそろそろ三か月になるが、ふとした瞬間マテウスの姿を見るたびに、カイはときめきを覚えていた。

そんなふうに、同性であるカイが見惚れるほど、マテウスの佇まいは凜々しく、恰好がよかった。

朝の見送りは断っているため、周囲に使用人たちの姿は見当たらない。広い玄関ホールには、二人だけの空間が出来上がっていた。

「うん、気をつけてね」

微笑んでそう言えば、少し離れた場所にいたマテウスが無言で手招きをする。

カイは頷き、マテウスのすぐ側まで歩いていく。

大きな掌で両頬を包まれ、カイの唇がマテウスのそれでふさがれた。

「っん……………」

朝出かける前のキスも、二人の日課になっていた。

最初は恥ずかしくてたまらなかったが、少しずつそれにも慣れてきた。

けれど、今日はいつものキスとは少し違っていた。

「あっ……」

マテウスの舌がカイの口腔内に入ってきて、驚いたカイは唇を離してしまった。

「マ、マテウス……！」

さすがに刺激が強すぎる。顔を真っ赤にするカイを、楽しそうにマテウスが見つめ、

「続きは帰ってから」

と耳元で囁いた。

そしてひらひらとカイに手を振ると、玄関ドアを開き、既に外に待機していた軍の人間に軽く挨拶をする。

マテウスを見送りながら、カイは先ほどまでマテウスと重ねていた唇に手をあて、息を吐いた。

ああ、もう！　人の気も知らないで……！

中途半端なところで終わった深い口づけは、カイにとっては刺激が強すぎた。

けれど、気がつけばカイの口元は緩んでいた。

初めて二人で過ごした夜から、カイはマテウスと何度も身体を重ねていた。

マテウス自身は、それこそ毎日でもカイのことを抱きたいと口にしてくれるのだが、さすがにカイの仕事に支障をきたすと思っているのだろう。

無理やり行為に及ぶこともなければ、カイの身体のことを一番に考えてくれる。とても、大切にされているのだと思う。あまりに幸せすぎて、怖いくらいだった。けれど、マテウスとの生活が幸せであればあるほど、カイはなんともいえない罪悪感のようなものを感じてしまった。


「……カイ、さっさと飲まないと冷めるぞ」

「あ、うん……！」

オーリーに指摘され、慌てて目の前のティーカップに口をつける。

物思いに耽（ふけ）ってしまっていたからだろうか。熱湯でいれたはずの紅茶は、ちょうど飲みやすい熱さになっていた。

ブルターニュ王国には一日のうちに何度か紅茶を飲む習慣がある。

機械革命以降は忙しさもあり、廃れてきてはいるのだが、カイは元々紅茶好きということもあり、時間がある時には休憩も兼ねて口にしていた。

終業時間の一時間前という中途半端な頃合いということもあるのだろう。研究所の休憩室にはカイとオーリーしかおらず、静謐（せいひつ）さは考え事をするにはちょうどよかった。

今日は一日天気が良かったこともあり、窓ガラスから入った光により休憩室も明るく感じる。

「何か悩み事か？」

「え？」

「最近、たまにぼうっとしてるから」

「いや、そういうわけじゃないんだけど……だけど……」

「何？」

オーリーなら、わかってくれるだろうか。カイは、最近自分が思っていたことを口にしてみることにした。

「オーリーも知ってると思うけど。数年前まで、ヒートが来るための治療薬を飲んでただろう？　また、飲み始めようか迷ってて……」

治療薬を飲むのをやめたのは、エリックとの婚約が破棄されたからだった。

「マテウスには相談したのか？」

カイが首を振れば、やっぱりといった表情をオーリーはした。

「お前がどうしても飲みたいっていうなら別だが、マテウスは反対すると思うぞ」

はっきりとオーリーが言った。

「どうして？」

「薬の副作用、結構きつかっただろう。疲れやすくなってたし……」

「そうだね」

学生時代に飲んでいた薬は、当時のものよりさらに強いものになっていた。細胞全体を活性化させることにより、ヒートを起こそうとする薬を飲んでいる間、カイの疲労感はいつもより強かったように思う。

研究に専念できるようになったのも、投薬をやめてからだ。

「マテウスの性格を考えれば、お前の身体に負担をかけてまで治療するのを望まないだろう」

オーリーの言う通りだった。

カイが投薬を希望すればマテウスは反対こそしないだろうが、体調を崩すカイの様子を見れば、おそらくやめるよう言うだろう。

「僕も、そう思う。マテウスは、僕にヒートが来ないことを全く気にしていないみたいだし……」

最初はどこかで気を使ってくれているのだと思っていたが、マテウスはカイにヒートが来ないことを気にも留めていない。

それは、マテウスの両親に挨拶した際にも強く感じた。

二人からは、マテウスがカイとの結婚を強く望んでいたこと、結婚を承諾してくれてとても嬉しいと喜ばれた。

「だったら……」

「だけど、僕自身が嫌なんだ。できれば、マテウスと番になりたいし……」

番は、アルファとオメガの間に存在する特別な繋がりのことだ。

番となれば、どちらも互いのフェロモン、においにしか反応しなくなるし、ヒートで苦しむオメガにとっても有益なものとされる。

その関係は婚姻関係よりも強いとされ、どちらかが死ぬまで効力は切れない。

「そういうことなら、マテウスにそう言えばいいんじゃないか？」

「え？　だってマテウスは望まないって……」

「カイがマテウスに気を使って、薬を飲みたいって思ってるならな。だけど、そうじゃないだろう？　ヒートが来て欲しいと、マテウスと番になりたいって思うのはカイだ。だったら、マテウスにそれを伝えた方がいい」

「うん……」

オーリーの言うことは、もっともだった。

以前飲んでいた時には効果がほとんど見られなかった。薬を飲み始めたからといって、ヒートが来るかどうかもわからない。だけどそれでも、できることはしておきたかった。

「それにしても、前とは随分違うな」

「え？　何が？」

「エリック殿下の時には、薬も義務的に飲んでるようにしか見えなかったからな」

確かに、エリックの時にはヒートが来ないことに焦りを感じていたものの、カイ自らヒートが来ることを望んでいたわけではなかった。

意識していなかったとはいえ、オーリーの言葉によりそれを実感してなんとも決まりが悪い。

「エリックは……王太子だったから……」

言い訳じみたことは言ったものの、罪悪感はますます募る。

エリックとの結婚を嫌だと思ったことは一度もない。だから投薬だって副作用に苦しみながらも続けていた。

けれど、結婚を拒む気持ちはなかったが、自分の中に結婚をしたいという気持ちはあっただろうか。

「まあ、心境が変わったってことでいいんじゃないか。だいたい、婚約を破棄されたのはお前の方だし、当時は針の筵だっただろう？　そんなエリック殿下に義理立てすることはないだろ」

オーリーの言葉に、苦い記憶が蘇る。婚約破棄はカイも望んでいたことだし、覚悟だってできていた。それでもやはり、世間の視線は厳しかったし、両親の期待を裏切ってしまったことはつらかった。

「とりあえず、落ち着いたらマテウスにも話してみるよ」

カイがそう言えば、オーリーが頷いた。

今日の仕事はほとんど終わっていたが、終業時間まではまだ一時間ほどあった。

部屋の中央にある柱時計を確認し、とりあえず一旦研究室へと戻ろうと席を立とうとする。けれどちょうどその時、休憩室のドアが開いた。

「あ〜あ、全く……やってられないよなあ」

ぞろぞろと、数名の研究者たちがそれぞれ何かしゃべりながら室内に入ってきた。

王立研究所では様々なものを開発、設計しているが、おそらく航空部門の人間なのだろう。カイが見知った顔も、何人かいた。

そのまま席に着いた彼らは、こちらには気づいていないようで、持ち寄ったカップを手にしてそれぞれ椅子に座った。

「お坊ちゃまの娯楽の開発ばっかり評価されて、こっちに皺寄せばっかり来るの、なんとかならないんですかね」

「しかもそれで、バーチュー勲章を受章だろう？　あんな、ジェットエンジンと機体との相性が良かっただけのラッキーな開発で」

勲章の言葉にハッとしたカイは、オーリーと顔を見合わせる。

「こっちは予算を削られて大変だっていうのに、あっちは増加らしいですからね。いい気なもんですよ」

決して大きな声ではなかったが、静かな室内に彼らの声はよく響いた。

カイとオーリーがいる場所は死角に入っているため、ちょうど見えないのだろう。

研究室の人間に、自分があまりよく思われていないことは知っていたが、ここまであからさまな陰口を聞くのは初めてだった。

盗み聞きをしているようで気分が悪かったし、席を立とうかとも思ったが、かえって気まずくなるだけだろう。

彼らが去るのを待つしかないだろうか、と思っていれば、興が乗ったのか、さらに誹謗中傷は続いた。

「マテウスはなんであんなのを選んだんですかね、まあ確かに、顔はきれいだとは思いますけど」

俺、マテウスのファンだったのに、と一人が言った。

「はは、よほどあっちの調子がいいんじゃないか？」

下卑た笑いが起こり、自然とカイの眉間に皺が寄る。

自分の話ならともかく、マテウスの名前まで出されるのは心外だった。

「英雄って持てはやされたって平民だろう？　そこはやっぱり、公爵家の地位が目当てだったんじゃないのか？」

一人の貴族の青年が、さも当然とばかりにさらりと口にした。

カイもよく知っている、同期の青年は研究所に配属された当初、最も注目されていた存在だった。当時からカイのことをあまりよく思っていないのか、口をきいたことはほとんどなかった。

「確かに、騎士の地位を得たからって一代限りだからな。ウィンスター公爵ならいくつもの爵位を持ってるし、そのおこぼれに与りたかったんだろう」

「元々金はありあまるほど持ってるわけだし、軍では力も権力だってある。そうなると次は名誉だろうな……武功をあげたのだって騎士の地位に固執したからだろう。国の英雄が聞いて呆れるな」

その言葉を聞いた瞬間、カイの中の何かがぷつりと切れた。

カイが勲章を得たことにより研究所で優遇されていることはわかっているし、それに対する愚痴なら聞き流すつもりだった。

けれど、自分のことならともかくとして、マテウスのことまで悪く言われるのは我慢がならなかった。

「あ、おいカイ……？」

立ち上がったカイに対し、焦ったようなオーリーの声が聞こえた。けれどそれを無視して、カイはずんずんと彼らのいる場所へ足を進めた。

「……取り消してください」

自分でも驚くほどに、低い声が出た。元々落ち着いたカイの声色は、外見のイメージよりも低いとは言われるものの、それでもこんなに低い声を出したのは初めてかもしれない。

背後から聞こえてきたカイの声に、その場にいた研究者たちの顔がぎくりと強張った。

「ウィンスター……なんでここに……」

聞かれてまずいような会話を公の場所でしておきながら、責めるような視線で彼らはカイを見つめた。けれど、それに怯むようなカイではない。

「先ほどのマテウスへの侮蔑の言葉を、今すぐ取り消してください」

続けて口にすれば、研究者たちの表情が曇る。決まりが悪そうに視線を逸らしながらも、誰も言葉を発しようとはしない。

そんな態度に、ますますカイは苛立つ。

「あの大戦で、どれだけの人間が犠牲になったのかご存じですか」

だからカイは、さらに畳みかけるように言う。

「大戦で戦っていたのは、前線にいる兵士たちです。どんなに過酷な戦場だったかは、皆さんだって知っているはずだ。僕たちも確かに兵器の開発によって勝利には貢献しましたが、それだって現場の兵士たちがそれを使ったからです。安穏な場所にいた僕たちに、彼らを揶揄する権利なんてありません」

表情を強張らせながら、皆カイの話を聞いていた。彼らだって元々はそれほど悪い人間ではないはずだ。ただちょっと口を滑らせてしまっただけだろう。けれどそれでも、言っていいことと悪いことはあった。

「……調子にのるなよ」

先ほどの貴族の青年が、ぼそりと呟いた。

「いつもお高くとまって、他の人間を見下して……！　お前なんて、出来損ないのオメガのくせに……！」

青年の言葉に、カイの表情が凍りついた。出来損ないのオメガ、それは婚約を破棄された当時、多くの貴族たちから陰で言われていた言葉だった。

普段だったら気にしないところだが、先ほどオーリーとちょうどそれについて話していたこともあるのだろう。ダメだ、こんなことで泣くな。

涙を零さぬよう、カイは青年を睨み続けた。

「あ、おい……」

すると、青年の隣にいた人間が、青ざめた顔でこっそりと声をかけた。

青年もそれに気づいたのか、カイの後方を見つめて表情を変えた。つられるように、カイも自分の背後に視線を向ける。

あ……。

彼らが休憩室の扉を開きっぱなしにしていたからだろう。そこには、研究所の所長と、そしてマテウスの姿があった。

おそらく、仕事でこちらを訪れていたマテウスを、所長が案内していたのだろう。

どこから聞かれていたのだろうか。マテウスの表情は冷静そのものだったが、所長の表情には明らかな動揺が見えた。

「彼らの意見は、この研究所の人間の総意ということで間違いありませんか？」

静まり返った部屋の中、淡々とマテウスが尋ねた。

「め、滅相もありません……！　あくまで彼らの個人的な見解です。他の人間は皆、大佐は勿論戦場で戦った兵士たちへの深い尊敬の念を持っております」

どうやら、マテウスのことを愚弄し始めたあたりからの会話を全て聞かれてしまったようだ。

表情を引きつらせた所長の拳が、小さく震えている。

国、そして軍からこの研究所は多くの資金を得ている。所長としては、顔をつぶされたようなものだろう。

所長の言葉を聞いた後も、マテウスの表情は厳しいままだった。そこで、慌てたように所長は言葉を続けた。

「も、勿論ウィンスター君への侮辱に関しても、あくまで彼らの考えであって、他の職員は皆尊敬をしております」

「そうですか。国で一番の研究者たちが集まっていると聞いていたんですが、期待外れでしたね」

感情が籠っていないからこそ、マテウスの言葉は殊更に冷たく感じた。誰も、マテウスの顔を見ようとはしなかった。

言い訳や互いを罵り合わないだけ、まだマシではあるのかもしれない。

「も、申し訳ありません……！　あとで彼らにはしっかり言って聞かせます！」

所長だけは一人、マテウスに対し平謝りをしていた。

「それは別にいいですが……、そろそろ終業時間ですし、カイは連れて帰っても？」

「勿論です！　いや、先ほどもお話ししましたがウィンスター君の活躍は目覚ましく……」

取り繕うように話し始める所長の言葉をやんわりと制止させ、マテウスがカイに笑いかける。

マテウスの表情に、カイは自身のささくれ立っていた気持ちが穏やかになっていくのを感じた。

オーリーに目配せをすれば、笑って手を振られる。

再びマテウスを見れば、マテウスがカイに対して大きな掌を差し出した。

カイはその手を取り、二人で連れだって部屋の外へと足を踏み出した。

＊＊＊

き、気まずい……。

あの後、身支度を整えたカイはマテウスとともに研究所を後にし帰路についていた。

帰路につくといっても、マテウスの車を取りに行く必要があるため、向かっているのは軍の施設だ。

いざ歩き始めると、互いにどこか言葉少な気で、どことなくぎこちない。

ブルターニュはそろそろ本格的な冬を迎えるため、日が落ちた後の風は冷たかった。

薄着をしていたわけではないのだが、小さなくしゃみが口から零れた。そしてマテウスは、それを聞き逃さなかった。

「寒いか？」

「あ、いや……大丈夫」

カイはそう言ったのだが、マテウスは自分が着ていたフライトジャケットを脱ぎ、カイの肩へとかけてくれる。

「ありがとう」

体格差が随分あるからだろう、カイの身体に対してフライトジャケットは明らかに大きかったが、とても暖かかった。

　素直に礼を言えば、マテウスは小さく笑った。

「あ、そうだ」

「え？」

「せっかくだから、飛行場の方に寄っていかないか？」

　もしかして、航空機を見せてくれるのだろうか。

　カイは勿論、二つ返事で頷いた。


　日が暮れ、既に空軍の飛行訓練は終わっているのだろう。

　夜間も訓練が行われることはあるが、基本的に飛行訓練は日の明るい日中に行われる。そのため、飛行場にはほとんど人の姿が見えなかった。

「少し、待っていてくれ」

　マテウスはそうカイに声をかけると、格納庫へ向かって行ってしまった。

　ひんやりとした夜の空気が気持ち良い。

　先ほどまで感じていた肌寒さは、マテウスのジャケットのお陰でなくなっていた。ほんのりとではあるが、マテウスのにおいがするのもなんだか嬉しかった。

「悪い、機体の調整に時間がかかった」

やがて、格納庫からマテウスが自身の手でゆっくりと航空機を引っ張ってきた。

遠目で見た時にはてっきりバトラックスだと思ったが、機体がすぐ目の前まで来ると、違うことがわかる。

「これ……もしかして飛行艇？」

飛行艇は、水面に着陸できるという利点はあるものの、その性能は戦闘機には向かなかった。開発当初は持てはやされたが、今ではもっぱら監視や捜索、偵察機として使われているくらいだ。

「さすが、よく知ってるな？」

「勿論、初めてエア・レースで見たのも飛行艇だったし」

今でもよく覚えている。

青い空に、弧を描くように飛んでいた飛行艇。

現在の戦闘機に比べれば速度はあまり出ていなかったはずなのだが、カイの心には強く印象に残った。

「ああ、二十年前のミルトン・エア・レースだな。白熱した、いいレースだったな……」

「え？　マテウスもあのレース見てたの？」

「見てたも何も……お前が座っていた席、俺がいた席と近かったぞ」

「へ!?」

「父親同士は挨拶していただろう。一応、お前のことも紹介してもらったし」

確かに、マテウスの実家はミルトン・エア・レースのスポンサーを昔からやっているはずだ。招待者席にいてもおかしくはない。

「……全く覚えてない」

「だろうな。お前、飛行艇しか見てなかったから」

さらりとマテウスに言われ、ますます気まずい思いが胸に過る。

記憶をさかのぼれば、確かに同い年くらいの子供に話しかけられたような気がする。だけど、あの時の自分はそれこそ飛行艇に夢中で、上の空だったのではないだろうか。

「なんか、ごめん……」

「気にするな、二十年も昔の話だ。普通は覚えてないだろう」

「それは、そうだけど」

「それより、時間がないからさっさと乗るぞ」

「え？」

マテウスが、手に持っていたヘルメットをカイに差し出す。

「いいの？」

確かに、マテウスが持ってきた飛行艇は二人乗りだ。

しかしながら、いくらマテウスが高い地位にあるとはいえ、勝手に飛行艇を動かしてもよいのだろうか。

「問題ないだろう、夜間の偵察任務の訓練ってことにしておく」

マテウスから渡されたヘルメットをじっと見つめる。あの銀色のヘルメットをかぶってみたい、それは幼いカイの夢でもあった。

これ以上ないほどの喜びを、カイは感じていた。


戦闘機に比べ、飛行艇に乗るための訓練時間はさほどかからないという統計は出ている。高度もそれほど高いところまで行かないため、気圧の変化もそれほどないからだ。

しかしながら、それはあくまで体力のある兵士を基準にした話のはずだ。

いざ飛行艇、マテウスの後ろの席に乗り込んだカイだったが。いざとなると緊張感から掌が汗ばんできた。

「あ、あのマテウス……やっぱり僕、見ているだけで……」

こっそりとカイは後ろから話しかけてみるが、それが聞こえているのかいないのか、マテウスが機体のエンジンをかけた。

すさまじいほどの轟音(ごうおん)が聞こえてきて、身体がますます強張っていく。

「カイ」

エンジン音に負けないくらい、大きな声でマテウスがカイの名を呼んだ。

「安心しろ、世界で一番安全な飛行艇だ」

そうだ。この飛行艇は、マテウスが操縦するんだ。

そう考えると、カイの中にあった不安が少しずつ消えていく。

「マテウス」

カイが大きな声を張り上げれば、マテウスが少しだけ後ろを振り返った。

「安全運転で、お願い」

カイがそう言えば、マテウスは後ろのカイに向かって親指を立てる動作、サムズアップをした。

プロペラが動き出した音が聞こえ、カイはシートベルトを強く締めた。

初めて感じる独特な浮遊感、自分が宙へと浮き上がる瞬間を感じたのは、それからすぐのことだった。

プロペラとエンジンの轟音が、耳によく聞こえる。

遠くで見ている時にも大きな音だと思ったが、自分が乗っているとこんなにも大きく聞こえるのか。

戦闘機と違い、飛行艇には操縦席に窓ガラスがないため、外気に触れることができる。

それでも、夜風を感じる余裕など今のカイにはなかった。飛行艇が高度を上げるたびに、身が縮こまっていく。

「カイ」

緊張から身体を固くしていると、前方の操縦席に座っているマテウスが、大きな声でカイの名を呼んだ。

視線を上げれば、マテウスが左手で、上を見ろというジェスチャーをしている。

つられるように、カイは視線を上げた。

「わあ……」

まず、初めに目に入ってきたのは、闇夜に浮かぶ大きな楕円の月だった。その周りには星々も見える。

いつもよりも、月も星も、ずっと近くにあるような気がした。

気持ちに余裕ができたからだろう。次にカイは、夜の王都を見下ろした。

ちょうど灯点し頃だからだろう。夕闇の中、街のあちらこちらに灯が灯り始めている。

雨の多いブルターニュ王国は、季節によっては霧が多い日もあるが、最近は気温が低かったせいか、空気は澄んでいた。

光を帯びた夜の街の美しさに、しばらくの間見惚れてしまった。

幼い頃から憧れ続けた、けれどいつも見上げるだけだった飛行艇に、今自分は乗っているのだ。

胸がいっぱいで、この光景を、生涯忘れないようにしようと思った。

きれい……それに、苦しくない……。

マテウスは気圧の変化をそれほど感じない高さで飛ぶと言っていたものの、もし苦しくなったらすぐに知らせるようにとも言われていた。

けれど、マテウスのパイロットとしての腕がそれだけ良いのだろう。少し空気は薄い気はしたが、苦しさは全く感じなかった。

この景色を、マテウスは毎日のように見ているかと思うと羨(うらや)ましくなる。

ヘルメット越しとはいえ、冷たい風に当たり、頭もどんどん冷えていく。先ほどまで感じていた研究者たちへの怒りも、気がつけば忘れていた。

スッキリした、とても良い気持ちだった。

飛行艇にも慣れ、気持ちに余裕ができたからだろう。操縦する前方のマテウスへと、視線を向ける。

広い背中は逞しく、まっすぐに伸びていた。

やっぱり、マテウスはかっこいいな。

こっそりと、カイは頬を赤くした。


王都をゆっくりと一周しただけの夜間飛行には、それほど時間はかからなかった。

カイとしては、もう少し飛行艇に乗っていたかったのだが、着陸すると、マテウスがあまり時間をかけなかった理由がよくわかった。

元々三半規管があまり強くなく、車ですら長く乗っていると酔ってしまうのだ。

飛行艇に乗っている間は興奮していたこともあり、すっかり忘れていたが、地上に戻ると、身体が強い負担を感じていたことがわかった。

き、気持ち悪い……。

なんとか戻さずには済んだものの、じんわりと出てくる汗は止まらず、しばらくの間カイはマテウスの執務室で休むことになった。

マテウスとしては、そういったことは既に予想していたようで、むしろ吐き戻さなかったことに感心していた。訓練を受けたパイロットでさえ、人によっては最初は嘔吐してしまうこともあるのだという。

どうせ帰れないのならと仕事をするマテウスを、執務室のソファで横になりながら、カイはじっと見つめ続けた。

マテウスは大量の書類の一枚一枚をチェックしながら、その一つ一つにサインをしていく。ぐったりとしながらも、仕事をしている時のマテウスの顔を見る機会など滅多にないため、それはそれで新鮮だった。

一時間ほど横になり、ようやく起き上がれるようになったカイは、マテウスとともに帰路についた。

「あの、マテウス……」

「なんだ？」

「だいぶ気分もよくなったし、歩けるんだけど……」

てっきり車で帰るのかと思えば、マテウスはカイの身体を軽々と負ぶってしまった。

体調が悪い時に車に乗って、かえって悪化したらどうなるというのがマテウスの言い分ではあったし、その通りではあるのだが。

かといって、マテウスに負ぶわれているという状況はなんとも気恥ずかしかった。

「無理をするな。どうせあと一分もすれば着く」

空軍基地から屋敷までは、歩いても二十分ほどの距離だ。

既に遅い時間帯ということもあり、車や馬車は走っておらず、通りを歩く人の姿もまばらだった。そのため、二人の姿が人目につくことはない。

しかしだからといって、どうにもこの体勢は気恥ずかしかった。

「……重くない？」

「羽のように軽いとまでは言わないが、大した重さじゃない」

カイは細身であるため、一般的な成人男性に比べれば軽いはずだ。

「だけど、国の英雄に負ぶわせるなんて……」

「そうだな、俺が負ぶうのはお前くらいだ」

　呟いた声は小さかったようだが、しっかりマテウスには拾われてしまったようで、ますます恥ずかしい気持ちになる。

「だけど、すごいね飛行機って。マテウスは、あんなふうに毎日空を飛んでるんだなって思うと羨ましくなったよ」

「今日は夜だったが、晴れた日の青空はまた気持ちがいいぞ。飛んでいる間は、悩みも何もかもが忘れられるしな」

「へえ、マテウスでもそんなふうに思うことってあるんだ」

　学院時代から、何もかもが完ぺきだったマテウスに、そんなふうに思い悩むことがあるのは意外だった。

　カイの言葉にマテウスが歩みを止めた。

「マテウス？　やっぱり重たい？」

　けれど、カイが声をかければ首を振り、すぐにまた足を動かし始めた。

「昔の話だ。……今はもう、そんなこともなくなった」

「そうなんだ。でも、なんにせよ今日はありがとう。まさか自分が飛行艇に乗れる日が来るなんて思わなかったから……嬉しかったし、感動もした」

未だ気持ちが高揚していたカイは、興奮さながらに感想をマテウスへ伝えた。

「……礼を言うのは、俺の方だ」

「え？」

「軍を指揮していると、時々感覚がおかしくなる。敵機をどれだけ撃ち落とすことができたか、撃墜対被撃墜比率は、彼我の差はどれくらいか。そのデータばかりに注目してしまい、こちらの犠牲を厭わなくなってしまう。最初は部下を失うことに心を痛めていたのが、だんだん麻痺してくるんだ」

それは、ある程度は仕方がないんじゃないか。そんなふうに思ったが、口にすることはできなかった。

こちらの人命を気にすれば、それだけ作戦も安全性が高いものになってしまう。

理想的ではあるが、それでは戦争には勝てないだろう。

けれど、そうは思っていても実際の戦場に立ったことがないカイが言うのは憚られた。

「そんな時、お前が改良した戦闘機が、バトラックスが採用されることになった。スピードは多少落ちるとはいえ、緊急時の脱出がスムーズにできることもあって、生存率も高くなった。撃墜率も、目に見えて上がった。それはそうだよな、パイロットだって、安全性の高い機体の方がストレスが少ないに決まってる」

バトラックスに関しては、マテウスはことあるごとにその性能を褒めてくれてはいるが、こんなふうに改めて口にされるのは初めてのことだった。

「バトラックスは、確かに改良したのは僕だけど、元々の機体の性能はよかったし、パイロットの腕だって……」

「謙遜するな。軍の人間だけじゃなく、開発者側も勝利を求めるあまり、感覚がおかしくなっていたんだ。人を道具のように扱う国に、未来はない」

マテウスの言葉を聞いた瞬間、カイはエア・レースでマテウスが勝利した時の姿を思い出した。

英雄の名をマテウスが敢えて否定しないのも、戦場で戦い、命を落としていった仲間たちのためなのだろう。

彼らのために、マテウスは英雄になることを選んだ。

「バトラックスは、パイロットのために作られた機体だ。バトラックスに乗っていたから、俺だって無敵でいられた。だからカイ、お前には自分の仕事に誇りを持って欲しい。俺だけじゃない、バトラックスに乗ったパイロットは、みんなそう思っているはずだ」

前を向いたままのマテウスが、どんな表情をしているかはわからない。目頭が熱くなり、視界が涙で歪む。

カイの体調が悪かったとはいえ、車ではなく歩きという手段を選んだ理由が今ならわかる。マテウスは、これをカイに伝えるために、わざわざ二人きりで話せる時間を作ってくれたのだろう。

「ありがとう、マテウス」

耳元でこっそりと呟いた声は、わずかに掠れていた。

マテウスのことが、とても好きだ。この人と結婚ができて、本当によかった。

そして同時に思う。マテウスと番になりたいと。ヒートが来ない自分にとって、それは叶わない夢だということはわかっているが。

やっぱり……治療のこと、相談してみようかな。

マテウスの広い背中に身体を預けながら、カイは密かに思った。

7

学院時代から知っているとはいえ、当時のカイはマテウスと話をする機会はそれほどなかった。

婚約者であるエリックはマテウスの親友であったため、時折昼食を一緒にとることはあったが、しっかりと会話をした記憶はほとんどない。

あからさまに避けられるようなことはなかったとはいえ、ただ同じ空間にいるという感覚だった。

だから結婚し、ともに過ごすようになってから知るマテウスの一面というのは意外と多かった。

たとえば、甘い物が好きなこと、身体を動かすのが好きで、時間があれば走りに行くこと。

それらのすべてが微笑ましいものばかりで、ささやかながらもそういったことを知るたびに嬉しくなり、マテウスへの気持ちはより募っていった。

そして今回新たに知った一面の一つが、マテウスはカイ以上のパーティー嫌いということとだった。

シャンデリアの強い光の中、カイは手にしたグラスの中身を少しずつ口に入れていた。

王宮で行われる立食パーティーには、国中からたくさんの人々が招かれている。

貴族だけではなく、様々な立場の人間がいるのは、今日が女王であるニケルナの誕生日を祝うものだからだ。

大戦中はこういった華やかなパーティーはニケルナ自身が自粛していたこともあり、五年ぶりの開催となっていた。

こんな大きなパーティーは久しぶりということもあるのだろう。煌びやかな衣装を纏った男女が会場のあちこちで談笑をしている。

人々の関心が向かっているのはやはり今日の主役であるニケルナだが、ニケルナと同じくらいか、それ以上に注目を浴びている人物がいた。

今カイの目の前にいる、マテウスだ。

普段の軍服ではなく、式典用の礼服を着用したマテウスは、不機嫌さを隠すことなく黙々と食事を口にしていた。

元々の顔立ちが端整だからだろう、眉間に皺が寄っていても、マテウスの姿は様になっている。

先ほどからちらちらと声をかける機会を窺（うかが）っている人々は多いのだが、全てマテウスは無視していた。けれど、マテウスにはそれができてもカイとしてはどうも周囲からの視線は気になってしまう。

「マテウス……えっと、多分マテウスと話したい人が多いみたいなんだけど……」

こっそりと話しかければ、マテウスがカイへ視線を向けた。

「俺は別に話したくない」

取りつく島もなくムスッとした表情のマテウスから出た言葉に、思わず苦笑してしまう。

「いや、だけど……」

「こういった社交は貴族連中のためのものだろう。俺は貴族じゃない」

現在騎士の称号を得ており、さらにカイと結婚したことによりマテウスは貴族の一員となっているのだが、本人にそういった自覚は一切ないようだった。

そうだった、元々マテウスは地位や名誉といったものに無関心だった。

先日、マテウスが貴族になることを望んで戦果を上げたと吹聴していた研究所の人間に、聞かせてやりたいくらいだった。

なお、あの時カイやマテウスを貶（けな）していた研究者たちは所長に叱責（しっせき）されたのか、カイの顔を見ると気まずそうにそそくさとその場を離れるようになっていた。今日のパーティーにも出席しているはずなのだが、今のところ姿は見えない。

「本当に、マテウスはパーティーが嫌いなんだね……」

　思わず苦笑いを浮かべてしまう。考えてみれば、結婚してから何通ものパーティーの招待状が二人のもとに届いたが、一度としてマテウスは出席を望まなかった。

「歯の浮くような台詞を言う人間に付き合うくらいなら、家で寝ていた方がマシだ」

　マテウスらしいといえばそうだが、周囲に聞こえやしないかとドキドキしてしまう。

「でも、そんなマテウスでも女王陛下の誕生日は無視できなかったんだ？」

「それもあるが……こういったパーティーは伴侶が同伴するのが習慣だからな。お前を一人で出席させるわけにはいかないだろう」

　なるほど、マテウスはカイのために今日のパーティーに参加してくれたようだ。

　確かに、パーティー自体は楽しんでいないものの、最初からカイのことはしっかりとエスコートしてくれていた。

　そんなマテウスの思いやりに、くすぐったいような気持ちになる。

「そう、それはありがとう」

　笑ってそう言えば、マテウスの眉間からようやく皺がとれた。

「まあ、パーティーは退屈でも、何もかもが不愉快ってわけでもないからな」

「え？」

「その衣装、よく似合ってる。やっぱり、カイには上品な服装が合うな」

　さらりとマテウスに口にされた、予想していなかった言葉に、カイは反応に困ってしまう。

「ちょっと、華やかすぎるかなと思ったんだけど……ほら、僕の髪色って地味だし」

　銀や金といった髪色を持つ人間が多いブルターニュ王国ではあるが、カイの髪色は珍しい黒色だった。

　それがかえって美しいと周囲からは褒められることが多いのだが、兄弟の中でも唯一黒髪ということもあり、カイにとっては少しばかりコンプレックスでもあった。

「そうか？　初めて見た時から美しいと思ったけどな。絹糸のように艶があって」

　そういえば、マテウスの実家は元々繊維を海外へと輸出していた会社で、そこから発展したと聞いたことがある。

　マテウスにとっても、絹は身近なものだったはずだ。

　そういったマテウスの言葉だからこそ、より一層嬉しく感じた。

「ありがとう。マテウスも、今日の礼服すごくかっこいいよ」

　笑ってそう言えば、マテウスの切れ長の瞳がわずかに見開いた。

「……まずいな」

「え？」

「今すぐキスしたい。……そろそろ帰らないか？」

冗談かそうでないのかわからない言葉をマテウスが耳元で囁き、ドキリとする。

「ダメだよ！　まだ始まったばかりなんだし」

カイがそう言えば、マテウスはなんとも嫌そうな顔をした。どうやら、冗談ではなかったようだ。

ただ、早くマテウスと二人きりになりたいのはカイも一緒だった。

もう、酔いがまわってきちゃったのかな……。

なんだか、いつもより身体が熱っぽい気もした。

そのまま二人で過ごせるかと思えば、残念ながらそうはいかなかった。

「マテウス！」

男性が、はっきりとした声でマテウスの名を呼んだ。

二人で声のした方に視線を向ければ、初老のしっかりした体躯の男性がにこやかに立っていた。

「コリングウッド閣下」

マテウスがすぐさまきれいな敬礼をとれば、男性も同じようにマテウスに対して敬礼を行った。

おそらく軍関係者だろう。マテウスと同様に礼服を着ているが、その装束はさらに豪奢だった。

「君に会いたがっている人間がいるんだ。……少し、お借りしてもよろしいですかな？」

男性はマテウスにそう言うと、次にカイに向かって言葉をかけた。

皺の多い顔を綻ばせた笑顔は爽やかで、カイへの気遣いもしっかり感じられた。

「あ、はい勿論です」

カイも慌てて頭を下げる。

「すぐに戻る」

マテウスはこっそりとカイに耳打ちすると、そのまま男性と一緒に部屋の中央へと向かっていってしまった。

二人の姿を目で追いかければ、壮年の男性が興奮気味にマテウスに話しかけるのが見えた。

当たり前ではあるが、英雄であるマテウスは人気者だ。

少し寂しい気持ちもあったが、マテウスが帰ってくるまでここでゆっくりしていよう。

そのまま残ったグラスを飲み干そうとすれば、周囲の空気が一気にざわつくのを感じた。

一体なんだろうと視線を上げると、ちょうどニケルナがエリックにエスコートをされ、招待客に挨拶をしているのが見えた。

普段よりも多くの銀行家や貿易商が今回のパーティーに呼ばれているのは、大戦で戦費がかさんだこともあるのだろう。

ニケルナは五十近くになるはずだが、年齢を感じさせせない美しさだった。気品のある立ち振る舞いといい、まさに女王の風格だ。

視線を向けていたからだろうか。ニケルナはカイの姿に気づくと微笑み、ゆっくり足を運んでくれた。

「お誕生日おめでとうございます、女王陛下」

幼い頃よりよく知る存在とはいえ、相手は国家元首だ。カイも自然と背筋を伸ばす。

ニケルナに対し貴族の礼をとれば、優雅な動作で返礼をされる。

「久しいな、カイ。息災そうで何よりだ」

「女王陛下も、ご機嫌麗しく存じます」

公の場であるため、どこか堅苦しい言い方になってしまう。

ニケルナとは数か月前のパーティーでも顔を合わせてはいるが、あの時は話す時間はほとんどなかった。

「それよりも、結婚をしたと聞いた時には驚いたぞ。しかも相手は、マテウスだという話じゃないか」

興味津々、とばかりにニケルナがカイを見つめてくる。既に婚姻を結んでから半年が経っているとはいえ、ニケルナに言われると少しばかり照れ臭く感じた。

「はい……ご報告が遅れてしまい、申し訳ありません」

「気にするな。私はお前のことも我が子のように思っている。マテウスとなら、幸せな家庭が築けるだろう」

穏やかなニケルナに微笑まれ、カイは胸を撫でおろす。

エリックとの婚約が破棄されることが決まった際、ニケルナはひどく心を痛め、わざわざカイに手紙まで贈ってくれていた。

そういった経緯もあるため、カイの結婚のことも喜んでくれているようだ。

「それにしても、肝心のこの国の英雄はどうしたんだ？」

「それが……上官に呼ばれてしまったみたいで」

「それは、慌ただしいな。せっかくの祝宴だ、カイにも楽しんでもらえると嬉しい」

「はい、ありがとうございます」

ニケルナはそれだけ言うと、ドレスの裾を少しだけ上げ、他の招待客のもとへ向かっていってしまった。

「カイ」

静かにそれを見守っていれば、今まで黙ってカイとニケルナとのやり取りを見つめていたエリックに声をかけられた。

「あ、なに」

「少し、話ができないか。母上には、事前に伝えてある」

強い白熱光の下、エリックの水色の瞳が複雑そうに揺れていた。

パーティー会場の喧騒が、一瞬何も聞こえなくなった。

カイは、静かに頷いた。


パーティー会場である花の間には、いくつかのバルコニーが備えつけられており、その一つにカイはエリックとともに向かった。

扉を閉めてしまえば会場の熱気は遮断され、ひんやりとした夜の風を肌に感じた。火照った身体には、夜風が気持ち良い。もうすっかり季節は冬になっていた。

バルコニーからの庭の景色も、花の季節が過ぎてしまっていることもあり、どことなく寒々しく見えた。

子供の頃、王宮の庭でエリックや他の子供たちと駆け回ったのをふと思い出した。

「久しぶりだな」

最初に口を開いたのは、エリックだった。

「うん、久しぶり。三年ぶり、だよね……？」

自分で口にしておきながら、こんなにも長い間エリックと話していなかったのかなと、不思議な気持ちになった。

数年前、婚約者だった頃は、三日とあげず会っていたというのに。

「そうだな。お前は俺が出てくる場所を、ことごとく避けていたからな」

突き放すような物言いに、わずかに身がすくむ。

「……悪い」

そんなカイの雰囲気を察したからだろう、エリックがすぐに謝った。

「いや、エリックの言う通りだから」

婚約が破棄された後、カイは社交の場に極力出なくなった。エリックと同じ場にいれば、注目の的に、針の筵になることがわかっていたからだ。

ちょうど大戦中ということもあり、王室主催のパーティーがほとんどなくなっていたこともあるのだろう。カイは戦闘機の改良にひたすら没頭し、気がつけば三年の時が経っていた。

とはいえ、決してあっという間の三年間というわけではなかった。

婚約が破棄された当時はやはりカイも傷ついていたし、人が多い場所に出るのは怖かった。オメガなのにヒートが来ない自分を、その場所にいる皆が嘲笑(ちょうしょう)しているような気さえした。

研究所であまり人目につかないようにしていたのも、そういった心境からだった。

「それにエリックも、僕に会いたくないだろうと思ったし……」

言い訳じみてはいるが、それもまたカイの本音だった。自分たちの別れは、決してきれ

いなものではなかったからだ。

「別に、そんなことはない……」

「そもそもエリックって呼び方は失礼だよね、王太子殿下って言うべきかな」

もう自分はエリックの婚約者ではないのだから、敢えて言い方を変えれば、目に見えてエリックの顔が沈んだ。

「いや……エリックでいい」

「うん、わかった」

そのまま、二人とも口を閉じてしまった。

物心がつく頃から、一緒にいたのだ。こんなふうに沈黙が互いにとって気まずかったことなど一度もなかった。

改めて、会わずにいた三年間の重さを感じた。

「そういえば……赤ちゃんが産まれるんだって？　おめでとう」

エリックは、カイとの婚約を破棄してから一年後、今から二年前に周辺国の姫君と婚姻を結んだ。

けれど彼女は今日のパーティーは欠席をしており、その理由が妊娠初期の悪阻が原因なのだという。

エリックとの婚約が破棄されたのはヒートが来ないため妊娠・出産への不安が大きかっ

たからなのだが、なんなくそれを行ったエリックの妃の話を聞いても、特に思うところはなかった。

以前ならば、仕方がないとはいえ自身のコンプレックスと不甲斐なさに落ち込んでしまったかもしれないが、今は心から前向きな言葉を伝えることができた。

その理由もわかっている。マテウスとの結婚により今の自分はとても満たされているからだろう。

「ああ……自分が父親になるなんて、今ひとつ実感が湧かないけどな」

そう言ったエリックは嬉しそうではあるものの、どことなく複雑そうでもあった。

「それより、おめでとうはお前の方だろう。マテウスと結婚したって聞いた時には、驚いた」

「あはは、そうだよね。僕とマテウス、そんなに親しくなかったし……」

わざわざ口に出すようなことはなかったが、学院時代のカイとマテウスの空気がどこかぎこちないものだったことを、エリックだって覚えているはずだ。

けれどカイの言葉に、なぜかエリックは苦虫を噛み潰したような、なんともいえない表情をした。

「そんなに親しく、か……お前には、そんなふうに見えてたんだな」

「へ？」

エリックにとっては、違ったのだろうか。

「俺には、好きな相手に婚約者がいて、気持ちの折り合いをつけられないようにしか見えなかったけどな」

「婚約者のいる好きな相手って……もしかして僕のこと？」

まさか、と一笑にふしたいところだったが、エリックの顔は真剣だった。

「気がつかなかったのか？　あいつがいつも、お前のことを見ていたことを」

「全然、気がつかなかった……」

カイの知っているマテウスはいつもどこか不機嫌そうで、何か話しかけてもぶっきらぼうな言葉が返ってくるだけだった。

「相変わらず鈍いな。それだと、最後に別れた時、俺がお前の嘘に気づいてたこともわからなかったんだろうな？」

「……え？」

エリックの口から出た言葉に、カイの表情が固まった。

三年前の、二人の婚約破棄が正式に決定した夜のことだった。

婚約の辞退を申し入れたのはカイの方だったとはいえ、当時はやはりショックを受けていた。

幼い頃から、自分はエリックと結婚するのだと言われ、王太子妃となるべく教育もされてきたのだ。

それが叶わないということは、これまで積み重ねてきた自分の努力も、何もかもを切り捨てなければならないということでもあった。

それこそ当時は、これからどうやって生きていけばいいのかわからず、途方にくれてもいた。

エリックがカイの部屋を訪れたのは、そんな時だった。

私用車で秘密裏にカイの屋敷を訪れたエリックは、二階のバルコニーへよじ登り、カイに言ったのだ。

『俺と一緒に、国を出よう』と。

婚約破棄なんて俺は望んでいない、国王になれなくてもいい、だから国外に出て二人だけで一緒に暮らそう。

基本的にエリックは常に冷静で、カイに対していつも余裕のある表情を見せていた。

ほんの一歳差とはいえ、子供の頃の年の差は大きい。

記憶の中で、いつもカイの手を引いてくれていたのはエリックだった。

実際の兄たちとは年が離れていることもあり、カイにとってはエリックの方が本当の兄のような存在だったように思う。

王子様然とした気品を持ちながらも、皮肉屋でもあるため、周囲から誤解を受けることもあった。

それでも、身分を問わず相手に対して接する気さくなところもあり、学院時代は生徒たちからの人気も高かった。

だから、あんなに追い詰められたような、張り詰めたエリックの顔を見るのは初めてだった。

王太子であるエリックは既に莫大な資産を持っていたし、周辺には友好国もあり、海を渡ればブルターニュの植民地だってある。

大戦の最中で、国が混乱しているとはいえ、二人で国を出ることは不可能というわけではなかった。

婚約を破棄された自分に対しこれから向けられる、世間の厳しい視線を考えれば、いっそ逃げ出したいという気持ちも確かにあった。

このまま、エリックの気持ちに甘えてしまいたいとも思った。

けれど、できなかった。

カイはエリックが幼い頃から厳しい帝王学を受けてきたこと、将来の国王となるべく学んできたことを見てきた。

エリックの気持ちは嬉しかった。けれどだからこそ、エリックに国よりも自分を選ばせてはいけないと思った。

だから、カイは言ったのだ。

「ごめん、一緒には行けない。そもそも、国外に出たりしたら、エリックは王太子じゃなくなっちゃうよね？　悪いけど、王太子じゃないエリックと結婚する気はないから」

嘲笑うかのようにそう言ったカイに対し、エリックは何も言わなかった。

最後にカイが見たのは、表情を凍りつかせたまま、自身のもとを去っていくエリックの姿だった。

エリックの姿が見えなくなると、カイの瞳からは堰を切ったように涙が溢れ、朝まで泣き続けた。

婚約を破棄したことよりも、大切な存在だったエリックを傷つけてしまったこと、二度と友には戻れないことが悲しかったからだ。

「いや、正確に言うと少し違うな。俺もすぐには気づくことができなかった。あの日は、お前に拒絶されたショックで眠れなかったくらいだ。あの日どころか、しばらく荒れていたな」

その話は、カイ自身もオーリーから聞いていた。自分が原因であることはわかったため、心は痛んだ。

「だけど不思議と、カイのことは全く恨む気にはなれなかったんだ。……お前の本心に気づいたのは数日後、ようやく頭が冷静になってからだ。王太子妃の地位なんてカイは全く興味を持ってなかったことは誰より俺が知っていた。そんなカイが、あんなことを言ったのはどうしてか。全部、俺のためだったんだよな」

エリックの言葉に、カイは無言で頷いた。

「ごめん、ひどいことを言って……」

「謝らなくていい。むしろ、あんなひどい嘘をお前に言わせてしまった俺が悪かった。あそこで、俺に国を捨てさせることなんて、お前にできるわけがないのにな」

エリックの表情は笑ってはいたが、その顔は泣いているようにも見えた。

「エリックの気持ちは、嬉しかったよ……」

「だけど、お前は俺の手を取ってくれなかっただろう?」

カイがそう言えば、すぐさまエリックが言葉を重ねた。

そう言われてしまうと、何も言えなくなってしまう。

「悪い、責めるつもりはないんだ。それこそマテウスなら、お前に自分と国を選ばせるなんて行動はとらず、周囲を説得していたはずだ。そんな自分が、不甲斐なかった」

「そんなことない。エリックが、十分頑張ってくれたのは知ってるよ……」

自分が言ったところで、慰めにはならないことはわかっていた。それでも、言葉をかけずにはいられなかった。

「短い間だったけど、エリックの婚約者でいられて幸せだった。ありがとう、僕のことを選んでくれて」

　今ならわかる。自分のエリックへの愛情は恋愛感情ではなかったことが。それでも、エリックと一緒にいた日々はかけがえのない時間だったことは確かだ。

「全く……ようやく気持ちの整理がついたっていうのにお前は……」

　エリックが、これ見よがしなため息をついた。

「俺にそんな権利がないのはわかってるが、マテウスとの結婚を聞いた時、やっぱり気持ちがざわついた。それこそ、国家権力を使って結婚を認めさせたくないと思うくらいには」

「そ、それはさすがにまずいんじゃ……」

　冗談ではあるのだろうが、そんなふうに言うエリックに笑ってしまう。

「マテウスなら司法を使って異議申し立てをするのは目に見えてるし、さすがにやらなかったけどな。それに、マテウスが信頼に足る人間だってことは、誰より俺が知ってる。誰にもお前を渡したくない気持ちはあったが、マテウスなら仕方がないとも思う」

　学院時代、常に一緒にいた二人の姿を思い出す。親友であり、好敵手でもある。互いに立場が変わった今でも、二人の間にある信頼は、あの頃と全く変わっていないのだろう。

「……大切に、されてるんだよな？」

　おそらく、これが二人きりで話せる最後の機会になるだろうということはエリックもわかっているのだろう。今日のエリックは、いつになく饒舌だった。

だからカイも、正直に答えることにした。

「うん、すごく大切にしてもらってるよ」

カイにとって、マテウスは自由の象徴のような存在だった。

周囲の目を気にすることなく、常に堂々としていて、自らの意志で進むべき道を選ぶ。

そんなマテウスだからこそ、学院時代からカイはずっと憧れ続けてきた。

「自分で聞いておいてなんだけど」

「うん」

「やっぱり、めちゃくちゃ悔しいな……」

そう言うとエリックは、思い切り舌打ちをした。

「ごめん」

そんなエリックに対し、カイは笑って謝った。笑顔のカイに対し、ますますエリックは眉間の皺を濃くしたが、笑顔のカイにつられたのだろう、最後には、ようやく表情を穏やかにした。

「最後に話せて、嬉しかった」

「僕も……エリックのことは、気になってたから。本当だよ」

カイがそう言えば、エリックもゆっくりと頷いた。そして、まっすぐにカイを見つめて言った。

「幸せになれよ、カイ」

その言葉に、カイの脳裏に浮かび上がったのは、出会ったばかりの頃のエリックの姿だった。

兄のように、ずっとカイのことを支えてくれていたエリック。

エリックは今も自分にとってとても大切な存在なのだと、そう改めてカイは思った。

「うん、ありがとうエリック」

だから、精一杯の笑顔でカイはエリックに対して笑いかけた。

エリックは、少しだけ複雑そうな表情をした後、ようやく相好を崩した。

遠くにある、満ちかけた月が自分たちのことを見守ってくれているような気がした。

8

なんだか、妙に身体が熱く、気だるかった。

最近は気温も下がっているし、風邪(かぜ)でもひいたのだろうか。

バルコニーから戻れば意外と時間が経っていたし、夜風に長い間あたりすぎたのかもしれない。

あの後すぐにエリックが従者に呼ばれたため、カイも花の間に戻れば、すぐにマテウスがカイを見つけてくれた。

体調がすぐれないため、先に帰りたいという話をする前に、マテウスから帰宅を提案された。

おそらく、あちらこちらに引っ張りだこだったからだろう。疲れてはいないようだったが、マテウスはどこか機嫌が悪いように見えた。

それでも、グレート・ステアーズという大階段を下りる時には、しっかりとカイの手を引いてくれた。ささやかなことではあるが、大切にされていることがわかり、くすぐったくも嬉しかった。

飲酒をしているため、自分で運転することはできないからだろう。マテウスは、王宮の広い玄関ホールに行くと、移動電話で屋敷から車を呼んでいた。

出入り口に立つ番兵が、マテウスの姿を見ると背筋を伸ばしていた。

車を待つ間も、マテウスはむっつりとしたまま、自分からは口を開こうとしなかった。

パーティー嫌いだとは聞いていたが、そんなにも不快だったのだろうか。

カイを視界に入れようとせず、口を閉ざしたままのマテウスの様子は、学院時代のようで懐かしく思った。

それでも、迎えの車が到着するとドアを開け、カイに先に乗るよう促してくれた。

パーティーの始まった時間がそもそも遅かったからだろう。屋敷に戻り、湯浴みを終えて寝室に戻った頃には、既に日付が変わる時刻になっていた。

身体を冷やさぬように湯を張り、時間をかけて浸かったものの、身体の怠さがとれることはなかった。

むしろ、体温は屋敷に帰ってからますます高くなっているような気がする。

このままでは、明日には高熱が出ているかもしれない。

明日はマテウスとともに出かける予定があったし、せっかくの休日を一日ベッドの上で過ごしたくはなかった。

だから、早く休んだ方がいいとはわかっているものの、それでもカイは眠らずにマテウスを待つことにした。

「……まだ、起きてたのか」

遅れて寝室に入ってきたマテウスは、カイの顔を見ると少しだけ驚いたような顔をした。

マテウスには、風邪のひき始めかもしれないことは既に話しており、すぐに休むよう言われていたのだ。

「体調がよくないんだろう、早く……」

「あの、マテウス」

けれど、それでもカイは、今日の夜のうちにマテウスときちんと話しておかなければならないと思った。

「勘違いだったら申し訳ないんだけど。もしかして、僕に対して何か怒ってる？」

屋敷に着いてからも、マテウスの機嫌は直っていなかった。話しかけたら無視をされるようなことはなかったが、どこかピリピリとした空気は感じた。

自分とは全く関係がないかもしれないと思いつつも、知らず知らずのうちに何かマテウスの気に障るような行動をとってしまったのかもしれない。

これから家族として暮らしていくのだ。これから十年、二十年と暮らしていくなら互いへの気遣いはやはり必要で、気になることがあれば聞いておいた方がいいだろう。

些細なすれ違いが、やがて大きな綻びとなってしまう可能性だってあるのだ。

カイの言葉を聞いたマテウスは、なんとなく決まりが悪そうな顔をして、息を吐いた。

そして、カイの座るベッドの隣に腰をかけた。

「……なるべく表には出さないようにしてたんだが、やっぱり気づいてたよな？」

マテウスが冷静に振る舞おうとしていたことはカイにもわかっていた。けれど、それでも行動の端々に彼の怒りの感情は伝わった。

「うん、最初はパーティーがよほど嫌だったのかなあって思ったけど、そのわりにはいつまで経っても不機嫌なままだし。これはもしかしたら、原因は僕なのかなあって」

「悪い。確かにきっかけはカイだが、だからってカイが悪いわけじゃない。俺が大人げないだけなんだ。これじゃあ、学院時代と何も変わらないな」

「学院時代？」

マテウスの口から出た言葉に、首を傾げる。どうして、ここで学院時代の話が出てくるのだろうか。

「あの頃の俺は、お前のことが気になって仕方がないくせにそれを素直に態度に出せなかった。だけど、そんな俺に対してもお前は気遣うように言葉をかけてくれていて。放っておいて欲しいと思いながらも、嬉しかった。我ながら、つくづくガキっぽいな」

学院時代のことは、マテウスにも謝られたことはあったが、こんなふうに当時の心境を聞いたのは初めてだった。

「うん、確かに当時は傷ついたかなあ。マテウス、僕が話しかけるといつもムスッとしてたし」

「それは本当に、悪かったと思ってる」

「いいよ、もう昔の話だし……」

しょげるような表情を見せるマテウスに、慌ててカイはフォローを入れる。

「それに、ムスッとはしてたけど無視はしなかっただろう？　勿論、エリックの手前そうせざるを得なかったのはあったかもしれないけど」

さすがのマテウスだって、親友の婚約者を無下に扱うわけにはいかなかったのだろう。

けれどマテウスは、それを少し慌てたように否定した。

「エリックは関係ない。不機嫌な顔をしながらも、お前に話しかけてもらえるのが嬉しかったんだ。無視なんて、できなかった」

初めて聞くマテウスの本音に、ドキリとする。

隣を見上げてみれば、まだ乾ききっていないマテウスの髪から水滴が落ちている。

あれ？　なんだかいつもとは違うにおい……。だけど、とてもいい香り……。

新しい洗髪剤のにおいだろうか。とても良いにおいで、ぼうっとしてしまう。それを誤魔化すように、カイは言葉を続ける。

「そうだったんだ？　てっきり、嫌われてるものだとばかり……」

「嫌う？　カイを？　そんなわけがないだろう。むしろ、その逆だ」

「え……？」

「好きだからこそ、素直に態度に表すことができなかった。お前は、将来エリックの妃となることが決まっていたし」

カイの瞳が、これ以上ないほど大きく見開かれた。

確かに、先ほどエリックからも同じようなことは言われたが、まさか本人の口から聞くとは思わなかった。

「い、いつから……？」

記憶の糸を手繰り寄せてみるが、マテウスとは入学したばかりの頃から付き合いはあるが、そんな素振りは感じられなかった。

「多分、初めてエア・レースで出会った時？　こんなに可愛い子がいるのかと、子供心に驚いた。キラキラした瞳で飛行艇を見てる姿から、目が離せなくなった」

「そんなに前から……!?」

一目惚れだった、ということだろうか。

「気持ちを自覚したのは随分後になってからだけどな。学院で再会した時、お前はもうエリックの婚約者で、俺には手が届かない存在になってた。恋心を自覚した瞬間、失恋したんだ。諦（あきら）めよう、忘れようと思っていても、お前から目が離せなかった」

カイは自分の頬に熱が溜まっていくのを感じた。そんなに昔から、想われていただなんて知らなかった。

「ごめん僕、全然知らなくて……」

謝るのもおかしな気はしたが、なんとなく謝罪の言葉を口にしてしまう。

「そりゃあ、わからないようにしてたからな。俺にも、プライドはあったし……だからって、あの態度はなかったよな。エリックと一緒にいるお前を見るのが嫌でたまらないのに、それでもお前には会いたかった」

昔を懐かしむように、マテウスが言った。

「そんなふうに、ずっと片思いをしていた相手とようやく結婚できたんだ。俺にとっては夢みたいな話だし、それで満足できると思っていた。だけど、今日エリックと一緒にいるお前を見たら、イライラが抑えられなくなった」

「あ……」

先ほどのマテウスの不機嫌さの理由が、ようやくわかった。確かに、随分長い間バルコニーで話していたし、マテウスも二人でいる姿を見ていたのだろう。

「今は俺と結婚してくれているとはいえ、長い間お前はエリックの婚約者だったんだ。婚約が解消されたのだって、不仲が理由だったわけじゃない。お前の中に、まだエリックがいることだってわかってる。だけどそれでも、お前とエリックの姿を見ていると……」

「待って、マテウス！」

話している途中のマテウスの言葉を、慌てて遮る。先ほどよりも明らかに体温は上がってきており、今すぐ横になった方がいいのはわかっている。それでも、今伝えなければいけないとそう思った。

「確かに、エリックは婚約者だったわけだし、今でもエリックに対して好意や尊敬する気持ちは持ってるよ。だけど、それはあくまで友人としての気持ちだ」

今ならわかる、自分のエリックへの気持ちは、マテウスに対するものとは違う。

「僕が好きなのは、マテウスだよ。結婚ができて、本当に幸せだと思ってる。それは、わかって……」

わかって欲しい、言いかけたカイの言葉は、最後まで続けられなかった。隣にいるマテウスが、カイを強い力で抱きしめたからだ。

「悪い……嬉しくて……」

マテウスの腕の中、カイはゆっくりと首を振る。

「わかってくれたなら、いいんだ。不安にさせて、ごめん」

カイがそう言えば、ますますマテウスの腕の力が強まったような気がした。少しだけ苦しかったが、とても幸せだった。

大きく息を吸うと、マテウスのかおりがカイの中に入ってくる。ああ、やっぱり今日のマテウスはとても良いにおいだ。

そう思った瞬間、カイの身体が大きく震えた。

「は…………！」

「カイ？」

慌てたようにマテウスがカイの身体をやんわりと離し、カイの表情を覗き込んだ。

心臓の音が、どんどん速くなる。身体中が小刻みに震え、叫び出したくなるような衝動を感じる。何より、下半身が熱くてたまらない。

そんなカイの様子を見たマテウスはハッとする。

「まさか……」

カイの身体を自身へともう一度抱きしめ、鼻を首筋へと近づける。

「カイ、お前もしかして今……」

ヒートが起こっているのか？

ぼんやりとした頭に、驚きとそして喜びが混じったマテウスの声が聞こえた。

震えるカイの身体を、マテウスが横たえ、優しく撫でてくれる。いつもよりさらにその手つきが優しいのは、カイを落ち着かせるためだろう。

既にカイの性器は勃ち上がり、窄まりは刺激を求めて疼いてしまっている。

確かにそこの部分はマテウスによって気持ち良くなれることは教えられていたが、こんなふうな衝動を感じるのは初めてだった。

マテウスが器用にカイの服を脱がしていく。忙しない手つきではあるが、カイの身体を刺激せぬような気遣いは感じられた。

既に部屋の灯りは頼りないものになっているとはいえ、マテウスの前で裸を晒すのには抵抗がある。けれど、今は火照った肌に外気があたるのが気持ち良くてたまらなかった。

マテウスは慎重にカイの身体を見ると、中心へと手を伸ばす。性器を一度だけ優しく撫で、さらに奥の後孔に触れた。

カイの隘路が、待ちわびたとばかりにマテウスの指を受け入れた。カイ自身も、そこが滑りを帯びていることはわかっていた。

「……濡れてるな」

呟いた声は小さいものだったが、恥ずかしさに、ふるふると首を振る。

香油を使わずとも、既にカイの中は湿っていた。

ヒートが来れば、オメガは自ら濡れることができると聞いてはいたとはいえ、自分の身体の変化に頭が追いついていなかった。

「ひっ……あっ…………！」

狭い部分に入ったマテウスの指が、さらに奥へと入り込んでいく。

「すごいな……どんどんにおいが強くなっていく」

マテウスの声色も興奮しているのがわかる。指を動かしながらも、カイの身体のあちこちに鼻を近づけていく。それをくすぐったく感じながらも、それよりも中が疼いて、かきまわして欲しくてたまらなかった。

はしたないと思いながらも、気がつけば腰が揺れていた。

マテウスもそれに気づいたのだろう。もう一本の指が中に入れられたのがわかる。

自分の身体から、ぐしょりと何かが出たのがわかった。水音はより一層大きくなっていく。

「やっ……はっ………」

指の動きはそのままに耳朶を舐められ、嚙まれ、そのまま胸の尖りを愛撫される。

「——っあ、……ああっ」

いつもよりも明らかに身体が敏感になっており、少しの刺激でも声を我慢することができない。

弓なりに背をしならせれば、いつの間にか三本に増えていたマテウスの指が、敏感な部分に触れた。

「はっ………!」

びくりと身体が収縮し、視界に入った自分の性器から蜜が零れているのが見える。

「な、なんで……！」

直接触られてもいないのに、あまりの恥ずかしさに手で顔を覆ってしまう。

無防備になっている鎖骨に、マテウスがキスを落とした。

「カイ、顔を見せてくれ」

マテウスの声は優しかったが、無言で首を振る。

「それだけ身体が敏感になってるってことだ」

だから、恥ずかしがる必要はないのだと。マテウスの声は熱っぽくはあったが、相変わらず冷静なままだ。

「恥ずかしいよ、僕ばっかりこんなになっちゃうなんて……」

ただでさえ、初めて迎えるヒートに戸惑っているというのに。

自分の身体なのに、制御することができない。こんなふうになるなんて、知らなかった。

「カイだけじゃない、俺だって既にこんなになってる」

感情を抑えるようにマテウスはそう言うと、カイの太腿に自身の昂ぶりをあてた。

「あ……」

張り詰めたそこは、服の上からでもわかるほどに反応していた。

そうか……マテウスだって、僕のにおいを感じ取ってくれているんだ。

「自分ではわからないかもしれないが、どんどん香りが強くなってるんだ。もう、お前の中に挿り(はい)たくてたまらない」

言いながら、マテウスはカイの身体のあちこちにキスを落としていく。

「ふっ……あっ……」

そんな小さな刺激にさえ、身体がびくびくと震える。

「カイ、キスしたいから顔を見せて」

マテウスに言われ、恐る恐る顔から手を外す。

明るくなった視界の先では、マテウスが穏やかな笑みを浮かべていた。

「ん………」

口づけを交わし、マテウスの舌がカイの口内に入ってくる。

感じやすくなっているのは、粘膜も一緒なのだろう。気持ち良くて、たまらなかった。

無意識に、マテウスの指を締めつけてしまった。

それに気づいたのだろう、マテウスがカイの胎(はら)の中にあった指を抜いた。

けれど、カイが物足りなさを感じる間はなかった。マテウスがカイの秘孔へと己をあてがい、屹立がすぐに中へと挿入されたからだ。

「あ……！　はっ………！」

既に快感を知っているカイのその部分は、素直にマテウスを受け入れた。

張り詰めた怒張に圧迫感を感じるものの、痛みは全くといっていいほど感じなかった。ずぶりと中まで入り込んできた時、カイは小さく息を吐いた。

「……いつもよりさらに狭いな」

耐えるようにそう言ったマテウスの眉間には、皺が寄っていた。端整なその顔に、汗が光って見える。

「動ける？」

「いいのか？」

マテウスの言葉に、こっくりと頷く。そうすると、マテウスがその逞しい腰を動かし始めた。

「ひっ……ああっ……やっ……………！」

そそり勃ったマテウスのものが、カイの中をかきまわしていく。

浅く深く、突かれるたびに、結合部から卑猥(ひわい)な音が聞こえた。

恥も外聞もなく、マテウスの下でカイは乱れ続けた。もう、理性などとうになくなってしまっていた。

「あっ……ひゃっ……気持ち、いい…………！」

頭の中が痺(しび)れて、溶けそうな感覚を覚えた。

マテウスといっそこのまま溶け合ってしまいたい、そんなことを思った。

快楽に、マテウスに全てをゆだねている間に、いつの間にかカイは自身の身体が反転させられたのを感じた。

まるで動物のような体勢をとりながらも、恥ずかしさを感じている余裕などなかった。

むしろ、先ほどまでとは違う場所にあたり、その気持ち良さに身体が跳ねた。

「ふっ……あっ……！」

出てくる声は、もはや涙声になっていた。

気持ちの良い部分を突かれ、体勢を崩さずにいるだけで精いっぱいだった。

「えっ……あっ……どうし……」

強い射精感から、再びの絶頂を迎える。さらに、そのまま後ろから強くマテウスに抱きしめられる。

ドクドクと、マテウスのもので自分の中が濡らされていくのを感じた。

力が抜け、ベッドの上にそのまま身体を預ける。

これ以上ないほどの多幸感を覚えながら、首筋に、チクリと小さな痛みが走ったのがわかった。

それがマテウスの歯だと気づかぬまま、そのままカイは自身の瞳を閉じた。

家族とはいえ、この年齢になると自身の兄でも身体を見られるのはどこか気恥ずかしい。

自分の身体を注意深く見る兄、アランの顔からは性欲は勿論、特別な感情は感じられない。

＊＊＊

それがわかっていながらも、抵抗が全くないわけではなかった。

そんなふうに思いながらちらりとアランの顔を見上げれば、あからさまに顔を顰め、これ見よがしにため息をついた。

「確かにお前は客観的に見ても美しいが、いくらなんでも実の弟に変な気を起こすほど落ちぶれてないからな」

理知的なアランは容姿だけなら惹かれる人間は多いのだが、少し癖のある性格のためかなかなか結婚相手が見つからなかった。それでも、数年前にベータの女性と結婚していた。

「ごめん、それはわかってるんだけど……」

思っていたことを指摘され、なんとも決まりが悪い。

「だけど、やっぱり兄弟でも恥ずかしくて」

男同士ではあるものの、兄のアランはアルファだということもあるのだろう。

年齢が十近く離れていることもあるが、物心がつく頃には既に一緒に風呂に入ることも禁じられていた。

一般的に兄弟間だとたとえアルファとオメガであっても互いのにおいが感じにくいという話だが、それでも全く感じないわけではないからだ。

「安心しろ。たとえお前がヒートになっても俺がお前のにおいを感じ取ることはない」

「え？　じゃあ……」

カイが尋ねる前に、アランは寝室のドアの方へと歩いていき、音を立てて開いた。

「入っていいぞ」

「ああ、ありがとう」

廊下で待っていたマテウスが室内に入ってくる。当初はマテウスも室内にいることを希望したのだが、やんわりとアランに止められたのだ。

医師資格を持つアランは軍医として軍に所属しており、マテウスとも顔見知りのようだった。

「どうだった？」

「無事、番が成立してる。よかったな、カイ」

気難しいアランが、珍しく頬を緩めて言った。

ヒートが来ないカイに対し一番親身になってくれたのも、アランだった。アラン自身もオメガではなく、ベータの妻を選んだのもあるのかもしれない。

バース性にとらわれるなと、それとなく言ってくれていた。今なら、アランの言葉の意味もわかる。

カイがマテウスを見れば、ちょうどマテウスもカイに視線を向けていた。

互いに目を合わせ、微笑みあう。そんな二人に対し、わざとらしくアランが咳払い(せきばら)をした。

「全くそれにしても……ヒートが来たというならまずは医師に報告するだろう？　その日のうちに番を成立させてしまうなんて……」

「それは、仕方ないだろう。カイだって苦しそうだったんだ」

オメガがヒートを抑えるには、体内にアルファの精を取り入れるのが一番だとは聞いたことがあった。

実際、あの後カイは微熱のようなものは微かに続いたが、数日の間マテウスと一緒に夜を過ごすことにより、症状は落ち着いていった。

「アランも、わざわざ来てくれてありがとう。今の時期はそんなに忙しくなかった？」

ヒートは落ち着いたものの、一度で番が成立するとは限らない。その確認のためにアランを呼んだのはマテウスだった。

軍病院に勤務するアランは最近は特に多忙で、実家に戻ることもあまりなかったため、会うのは久しぶりのことだった。

「そんなわけがないだろう！」

「え、じゃあなんで……」

「仕方がないだろう、お前の身体を他人に見せたくないってマテウスが言うんだから」

この国の英雄に頼まれたら、断れるわけがないだろう。

皮肉っぽい言い回しではあったが、アランは笑みを浮かべてそう言った。

「そうだったんだ……」

「医師にはアルファが多いからな。もし番が成立していなくて、カイのにおいに惹かれたらどうする」

カイの横に立つマテウスは、涼しい顔でそう言った。

マテウスの言葉は嬉しかったが、それを聞いたアランの顔が思い切り引きつった。

「カイのにおいは他のアルファにかがせたくないって……？　独占欲強すぎだろう」

吐き捨てるようにアランに言われ、ますます恥ずかしさに身が縮こまる。

「だけど、どうして突然ヒートが来たのかな？　これまで、ずっと来なかったのに……」

場の空気を変えようと、ずっと疑問に思っていたことを口にしてみる。

結局マテウスには投薬の相談もできておらず、食生活にも変化はなかったはずだ。

「ああ、それはおそらく……」

腕組みをしたアランが、ベッドに座るカイと、その傍らに立つマテウスを交互に見る。

「お前が、マテウスに対して恋をしたからじゃないか？」

「へ？　恋？」

思ってもみなかったアランの言葉に、素っ頓狂な声が出てしまった。

「俗説に過ぎないし、学会で認められたわけじゃないんだが。多くのオメガが初めてのヒートを迎える十代の後半は、身体だけじゃなく、心が成長する時期でもある。だいたい、その頃には好きな人間ができて、脳がヒートを起こさせるよう信号を送ってる……っていう説はあるんだ。まあ、ヒートが起きないオメガ自体がそもそも特殊だから、証明は難しいんだけどな」

アランの言葉に、カイの頬が赤く染まる。思い当たる節は十分にあった。

「だけど、それならどうしてそれを今まで教えてくれなかったの？」

自分の身体に欠陥があるのではないかと、あんなにも悩んでいたのに。

「言えるわけがないだろう……王太子殿下の婚約者のお前に、もしかして殿下に恋をしてないんじゃないか？　なんて」

「あ……」

確かに、それもそうだ。

「だいたい、恋をしろって言ったってそれでできるものじゃないだろう？　誰かから命令されたわけでもない、お前が自らの意志で、マテウスのことを好きになったんだ」

その言葉を聞いたカイは、弾かれたようにマテウスを見つめる。マテウスも、カイのことをじっと見つめてくれていた。

穏やかなマテウスの表情からは、カイを慈しむ気持ちがこれ以上ないほどに伝わってきた。アランがこの場にいなければ、おそらく互いに抱き合っていただろう。

「盛り上がっているところ悪いが」

見つめあう二人に対し、水を差すようにアランが言った。

「しばらく、夜の営みは避けた方がいい」

「え？」

「どうして。カイの身体に何か異常があったのか？」

カイが問う前に、先にマテウスが口を開いた。

「そうじゃない、カイの身体は健康だ、安心しろ。だが」

アランがニッと口の端を上げた。

「懐妊の可能性がある。まだわからないし、また様子を見に……」

アランが言葉を全て言い終わる前に、カイは自身の身体が持ち上がる浮遊感を覚えた。

「ここに、俺たちの子供がいるのか？」

カイの身体を横抱きにしたマテウスが、カイの腹へと視線を向けた。

「まだ、わからないけど……」

だけど、可能性があるということなのだ。今回はダメだったとしても、自分はマテウスの子を産むことができる。それが、とてつもなくカイは嬉しかった。

「夢みたいだ……」

マテウスが、嬉しそうにそう言った。カイも、涙目で頷いた。

ヒートが来たから、番になれたのだから、自分にも妊娠ができる可能性を考えなかったわけではない。後でアランに密かに聞こうとも思っていた。だけど、だからこそ喜びはひとしおだった。

「全く、邪魔者はとっとと退散することにするか。カイ、マテウス、またな」

「うん、ありがとう」

「また、頼む」

うんざりしたような顔で部屋を出るアランに、礼を言って見送る。

そして、カイは再びマテウスと見つめ合った。

自然と、互いの唇が近づき、静かに重なった。

ただ触れるだけのキスではあったが、マテウスの腕の中はとても温かく、カイは自分の心が満たされていくのを感じた。

9

寝室には、最新鋭の蓄音機から静かな音楽が流れてきている。

マテウスがカイのために買ってきた蓄音機は、寝室をより一層優しい空間に作り替えてくれた。

子供の頃から裕福な暮らしをしてきたマテウスではあるが、生活は堅実で、散財を好む方ではない。けれど、それこそカイのことになると金に糸目をつけぬようで、蓄音機も最新鋭の高価なものだった。

先ほどまで愛らしい声を出していた腕の中の小さな存在も、聞こえてくる音楽に誘われ、眠りについてしまったようだ。

眠ってしまったのだし、ベビーベッドに寝かせた方がいいだろうか。

そう思いながらも、柔らかな感触はとても心地よくて、もうしばらくこうしていたいと思ってしまう。

そんな時、寝室のドアが小さくノックされる音が聞こえた。

「はい」

返事をしたのは小さな声であるため、聞こえているかどうかわからなかったが、ドアはゆっくりと開かれた。なるべく音を立てぬよう、気を使ってくれたのだろう。

「マテウス……」

てっきり乳母のメラニーかと思えば、部屋に入ってきたのはマテウスだった。

「仕事は？」

「午後は休みにしてきた。当面のところ、急ぎの仕事はなかったからな」

マテウスはベッドに座るカイのこめかみに優しくキスを落とすと、その隣にゆっくりと座った。そして、カイの腕の中の存在へ視線を向ける。

「よく眠ってるな」

「さっきようやく寝てくれたところ」

笑ってそう言えば、マテウスも同じように微笑んだ。

三か月前に生まれたウィリーは、カイとマテウスの第一子だ。

金色の髪に、青い瞳の色はマテウスによく似ている。

カイの妊娠は、アランが再び診察に来る前から症状が出始め、周囲にもすぐに知られることになった。

思った以上に悪阻が激しく、それこそしばらくはベッドの上から起き上がることができないほどだった。

安定期に入ってからは職場にも復帰し、オーリーや研究所の職員たちに見守られながら仕事も続けることができた。

マテウスの、国の英雄の子供ということでウィリーの性別や名前を多くの国民が予想し、一部ではオッズまでつけられたほどだ。

マテウスはあまりいい気持ちはしなかったようだが、ブルターニュの国民は元々賭け事が好きなのだ。これも、平和になった証なのだろう。

「大丈夫か？」

「うん。ミルクもよく飲んでるし、午前中も短い時間だけどちゃんと寝てくれたから大丈夫だよ」

「ウィリーじゃなくて、お前が」

「え？」

「昨日も、夜中に何度か起きていただろう？」

多くの赤ん坊がそうであるように、ウィリーもまだ昼と夜の区別がついていないのか、夜中に何度か目を覚ますことがある。

カイが起きるたびに、マテウスも一緒に起きてくれるのだが、仕事もあるため寝るように言っていた。

「ごめん、やっぱりしばらく別々に寝た方がいいかな」

パイロットは体調管理も万全にしなければならない。睡眠不足などもってのほかだ。

「だから、そうじゃなくて……ウィリーが泣くのはいいんだ。赤ん坊は、泣くのが仕事みたいなものだし。ただ、お前に任せきりなのが申し訳ないと思ってる」

マテウスの言葉に、少しばかりカイは驚いた。

カイの生家は貴族ということもあるのかもしれないが、基本的に父親は子育てに関してはノータッチだった。

そのため、物心がつけば時々父親と出かけられるのがひどく特別に感じ、嬉しく思ったものだった。

対して、マテウスは子育てに関して協力的で自分ができることは率先してやろうとしてくれている。

「ありがとう。だけど、メラニーも助けてくれているし、大丈夫だよ」

メラニーは貴族女性たちの間でも人気の高い乳母だったが、募集をかけるとすぐさま面接に足を運んでくれた。

乳母に決まってから聞いた話だが、マテウスが優勝したエア・レースにメラニーも来ていたそうで、カイとマテウスのファンになったのだという。

思った以上に多くの人々に祝福されていたことがわかり、カイはこそばゆくも嬉しい気持ちになった。

「だけど、マテウスがこんなに子供が好きだなんて知らなかったよ」

この国でオメガが重宝されるようになったのは、アルファの子供を妊娠する確率が高いという理由からだった。けれど、ヒートが起こらないカイは妊娠や出産が可能かどうかわからなかった。

マテウスは、それでもいいとは言ってくれてはいたものの、こんなふうに子供を可愛がる姿を見ると、やはり子を持つことができてよかったと思う。

「いや……子供は嫌いじゃないが、そんなに好きでもないぞ」

「ええ？　そうなの？　すごく可愛がってるから、てっきり好きなんだとばかり……」

カイに気を使って、これまで言っていなかっただけなのだと思っていた。

「それは……お前の子だからだろう」

マテウスが逞しい腕を差し出した。長い時間抱いていたこともあり、さすがに手が痺れてきたため、カイはそっとウィリーをマテウスに渡す。

最初の頃はどこかあぶなかしかった抱き方も、だいぶ様になってきたように思う。

「ヒートが来たとはいえ、正直、子供に関してはどちらでもいいと思っていた。それこそ、カイの身体に負担がかかるなら無理をして産む必要もないと。だけど、嬉しそうにウィリーを抱くお前の姿を見ると、やっぱり子供ができてよかったと思った」

「マテウス……」

自分よりもまず、カイの気持ちをいつも優先してくれる。マテウスの優しさに、いつもカイは救われていた。

「それにしても、てっきりカイに似た子が生まれてくると思ったのに……」

カイの面影がないわけではないが、それでもウィリーはマテウスによく似ていた。

「マテウスに似た、強い子になりそうだね。いや……強くなくてもいいな、優しい子に育って欲しい」

ぐっすりと眠るウィリーの顔を覗き込みながら、カイが呟く。

「いや、強くなってもらわなきゃ困る。もしもの場合、俺の代わりにカイを守れるくらいには」

マテウスの仕事は危険が伴う。何気なく口にした言葉なのだろうが、カイの表情は自然と暗くなった。

「冗談だ、そんな顔をするな」

「縁起でもないよ……」

カイの言葉に、マテウスは微笑み、ようやく腕の中のウィリーをベビーベッドへ横たえた。

抱き方が安定しているからだろう。ベッドに寝かされても、ウィリーが起きることはなかった。

「可愛いね」

「お前と俺の子だからな」

ベビーベッドを覗き込んでそう言えば、マテウスが自信満々に言った。

その言い方がおかしくて思わず笑ってしまう。

「マテウスから結婚を申し込まれるまで、結婚は勿論、親になることも諦めてたんだ」

自分に結婚を申し込んでくれる人間など、もういないと思っていた。

それこそ、これからずっと一人で生きていく覚悟すらしていた。

勿論、幸せの形はそれぞれにあり、そういった人生も悪くはなかったと思う。

「だけど今は、マテウスと結婚できて、ウィリーを産めてよかったって、心からそう思ってる」

隣に立つマテウスの顔を、じっと見つめる。マテウスも真剣な顔でカイを見つめていた。

「だからマテウス、僕を選んでくれて、家族になってくれてありがとう」

カイの言葉に、マテウスの切れ長の瞳が見開いた。逞しい腕がカイの方に伸びてきて、抱きすくめられる。

「礼を言うのは、俺の方だ……」

感極まっているのだろうか、マテウスの声は、少しだけ震えているように感じた。

カイもマテウスの腰に手を伸ばす。

そのまましばらく抱きしめ合った後、マテウスがカイの身体をそっと離した。

高い位置から、マテウスの顔がゆっくりと近づいてくる。

カイも瞳を閉じ、マテウスの唇を待つ。けれど、その時だった。

ベビーベッドから、ウィリーの可愛らしい泣き声が聞こえてくる。

「あ」

カイはすぐさまベビーベッドの方へ行き、泣き出してしまったウィリーを抱き上げる。

「邪魔されたな……」

マテウスが、なんともいえない表情でカイに抱かれているウィリーを見つめた。

「ごめんね」

カイに抱き上げられ、あやされたからだろう、ウィリーの機嫌はすぐに直った。

「ところで、カイ」

マテウスが、カイの耳元にこっそりと囁いた。

「たまにはメラニーに任せて、二人きりで夜を過ごさないか」

マテウスの言葉に、カイは自身の顔に熱が溜まるのを感じた。

そういえば、ウィリーが生まれてからというもの、しばらく二人きりの夜が過ごせていなかった。

「うん、そうだね」

こくりとカイが頷けば、満足そうにマテウスが笑った。
カイもつられるように微笑み、マテウスはウィリーを抱くカイの身体を優しく抱き寄せた。

終

Once upon a time

物心がついた時から、マテウスは機械が好きだった。

国一番の資産家であるフォークナー家は、今でこそ銀行や不動産とその事業は多岐にわたるが、元々毛織物業から事業を始めていた。ブルターニュ王国や近隣の国々の冬の寒さは厳しく、それを防ぐため、毛織物は重要な役割をしていたからだ。

機械革命も、元々はこの毛織物を大量生産するために始まった。

祖父の時代には他の事業に比べると利益は少なくなっていたものの、フォークナー家が毛織物業を大切にするのもそういった理由からだ。

先代の当主、マテウスの祖父は幼いマテウスを背負い、産業機械を見せに連れていってくれていた。

機械革命以降、あちらこちらに機械が増え、人の仕事を奪っていった。そのため失業者が大量に生まれたが、マテウスの祖父は一人として従業員を解雇することなく、そのために事業を広げていった。

機械は人間が使うもの、機械に使われるようになってはいけないと、口を酸っぱくして祖父はマテウスに言っていた。

幼いマテウスは祖父の言葉を聞いてはいるものの、それよりも音を立てて動く機械を見るのが楽しくてたまらなかった。

自分に与えられるたくさんの玩具よりも、よっぽど面白いと思った。

そんなふうに、機械に関心のあるマテウスが航空機に興味を持つようになるのは自然な流れだった。

空を飛ぶ航空機を初めて見たマテウスはとても興奮したし、間近で見たいと父に強請った。

あの頃のマテウスは、欲しいものはなんでも口にすれば手に入っていた。地位の高い貴族たちでさえ、フォークナー家の馬車が通る時には道を譲っていたのだ。

そんなマテウスにとって、エア・レースを見に行きたいという願いを叶えてもらうことなど、いとも容易いことだった。


父に手を引かれて訪れたエア・レースはたくさんの人で溢れており、皆余所行きのかしこまった恰好をしていた。

マテウスも、ブラウスの胸元に蝶ネクタイのついた、いかにも育ちのよさそうな服装をさせられていた。動きづらい服装は好きではなかったが、エア・レースを見るためならば仕方がない。

エア・レースの主力スポンサーだからだろう、父親は歩くたびに誰かしらに呼び止められていた。普段ならば早く席に行きたいと言うところだが、レースを見るためだからとマテウスも我慢した。

初孫である祖父は勿論（もちろん）、両親はマテウスをとても可愛（かわい）がっていたし、大人の使用人たちでさえマテウスに頭を下げていた。そのため、この頃のマテウスは少しばかり調子にのっていたのだと思う。

意気揚々とした気分で席に着き、そこがどの席よりもエア・レースが見やすい場所だとわかってさらに気分がよくなった。

今日出場する選手も機体も、事前にすべてチェックしてある。早く始まらないかとそわそわしていると、ちょうど空いていた自分たちのすぐ隣の席に人がやってきた。

これまで人に話しかけられるのが当然だった父が自分から話しかけたことが気になり、マテウスもチラリと視線を向ける。

父と話していたのは、見るからに上品そうな紳士だった。けれどマテウスが気になったのは、その男性の隣にいた小さな子供だった。

貴賓席では自分と同じくらいの年齢の子供が見当たらなかったのもあるのだろう。じっと見つめていると、マテウスの視線に気がついたのか、子供がこちらを向いた。

抜けるような白い肌、艶（つや）のある黒髪に、翠色（すいしょく）の瞳（ひとみ）を持つその子供の美しさに、マテウスは驚いた。

マテウスもその整った容姿を幼い頃から褒められていたが、自分は勿論のこと、他人の美醜にはそれほど興味がなかった。

そんなマテウスでさえ、息を呑むほどにその子供は美しかった。

先ほどまでエア・レースのことで頭がいっぱいだったマテウスだったはずなのに、気がつけば子供のことが気になって仕方がなくなっていた。

けれど、相手の子供はすぐにこちらに興味をなくしたのか、ふいと顔をレース会場に戻してしまった。

マテウスがじっと見つめていることに気がついたのだろう。子供の父親、先ほど自分の父に挨拶をしていた男性が、隣席の子供に挨拶をするよう促した。

「カイ、挨拶をしなさい」

父親から言われ、すっくと子供は立ち上がると、マテウスと、そしてマテウスの父の方に身体を向けた。

「初めまして、カイ・ウィンスターです」

言い方こそ、舌ったらずで幼くはあったものの、きちんとした貴族式の挨拶だった。

マテウスの父親が笑顔でカイのことを褒め、マテウスにも挨拶をするよう声をかけた。

けれど、マテウスが立ち上がったところで、ちょうどエア・レースの開催を知らせる大きな花火が打ち上がった。

「わあ」

ひときわ高い声が、カイの口から聞こえてきた。

先ほどまでは人形のようにおとなしくしていたカイは、会場に現れたパイロットたちを見て、その瞳をきらきらと輝かせている。さらにレースが始まると、カイはただただ飛行艇だけを見つめていた。

自分以上に、こんなに飛行艇が好きな人間に出会ったのは、初めてかもしれない。

マテウスも勿論レースは見ていたのだが、それよりもカイの存在が気になって仕方がなかった。飛行艇をまっすぐに見つめるその横顔から、目が離せなくなったのだ。

カイ、っていうんだ……。

紹介されたばかりの子供の名前を、心の中で何度もマテウスは繰り返した。

カイのことがもっと知りたい、できれば、仲良くなりたい。

無意識にそう思ったものの、この時マテウスはまだ五歳になったばかりで、それを両親に伝える術(すべ)を持たなかった。

それでも、幼い日のカイとの出会いは、マテウスの心に強く残った。

マテウスがカイと再会をしたのは、それから十年後のことだった。

あれは確か、新入生が入学したばかりの学院の食堂でのことだったと思う。

——そうだマテウス、今日はお前に紹介したい人間がいるんだ。

テーブルを挟んで向かい側の席に座ったエリックが、照れたような表情で言った。

この国の王太子であるエリックとは昨年から授業で一緒になることが多く、気がつけば親友とも呼べる間柄になっていた。

次期国王と平民という身分差をエリックは全く気にすることはなかったし、マテウスも相手が王太子だからといって必要以上に気を使うことはなかった。

おそらくエリックも、マテウスのそういったところが気に入っていたのだろう。

エリックに婚約者がいることは、マテウスも以前から聞いていた。

よほど大切にしているようで、女学校の学生から秋波を送られてもエリックが応える様子は全くなかった。

一つ年下で、今年王立学院に入学したのだと嬉しそうに話していた。

ブルターニュ王国は同性婚が許されているとはいえ、エリックは王族だ。婚約者が女性でないことに少し驚いたが、相手はオメガであると聞いて納得した。

日頃はどちらかといえばクールなエリックが、婚約者の話をする時だけはその表情を崩していた。

——あ、こっちだ。

立ち上がったエリックが、少し大きな声を出す。入り口の付近で、おそらく婚約者の姿を見つけたのだろう。

一人、いや二人の少年が、ゆっくりこちらへと近づいてくる。

マテウスの視力はかなり良い。二人の少年の顔がはっきりするにつれ、マテウスの瞳が大きくなった。

背の高い方の少年は眼鏡をかけており、どこか緊張した面持ちでこちらに歩いてきている。

そしてその前を歩く黒髪の少年は、とにかく周囲の目を引く美しい顔立ちをしていた。それこそ、すれ違う学生たちの中には、振り返っている者も何人かいた。

まさか、と思った時。エリックが自分の隣に来た少年の紹介を行った。

──マテウス、こちらが俺の婚約者のカイ。隣はその友人のオーリー。

──初めまして、カイ・ウィンスターです。

マテウスの方に視線を向けたカイは、少しだけ低くなった声で丁寧な礼を行った。

あの頃のようなぎこちなさはないきれいな礼を終えると、マテウスに対して柔らかな笑みを浮かべた。

花開くような笑みを向けられ、頬が硬直する。表情を強張らせたまま、マテウスは声を絞り出した。

──マテウス・フォークナーだ。

自分でも無愛想だとは思ったし、実際カイの表情は少し戸惑っていたように思う。

それでも、この時のマテウスにはそれを口にするのが精いっぱいだった。

＊＊＊

友人と同じ人間を好きになったらどうするか、という問いをマテウスはこれまで考えたことがなかった。

人を好きになったことがないわけではないが、マテウスにとっては気が置けない友人の方がずっと大切で、友人の好きな相手というだけでマテウスの恋愛対象ではなくなったからだ。友人から奪いたいと思うほど誰かのことを好きになるとも思わなかった。

けれど、友人か好きな相手をとるかというぼんやりとした問いは、カイと再会したマテウスにとって現実的なものになった。

最初は、自分の中の思いをなかなか受け入れることができなかった。

そもそも、再会した時の挨拶だ。マテウスはこれまでカイのことを忘れたことなどなかった。

よくよく考えてみれば、自分がこれまで付き合ってきた相手はだいたい黒髪だったり、髪型は短かったりと、マテウスの記憶の中にあるカイの面影がある者ばかりだった。

意識していたわけではないのだが、いつの間にかそういう相手を選んでいたのだ。

そんなふうに、マテウスにとってのカイは忘れられない存在になっていたというのに、カイにとってのマテウスはそうではなかった。

カイは当時まだ四歳だったことを考えれば仕方がない話ではあるのだが、これまで誰かに存在を認識されなかったことなどないマテウスのプライドは傷ついた。

もうカイのことなど忘れてしまおう。どうせ、エリックの婚約者なのだし。

そもそも、当時からカイは愛らしかったとはいえ、マテウスはカイのことなどほとんど知らない。知っているのは公爵家の息子で、飛行艇に目がないことくらいだ。

将来の王太子妃に選ばれるくらいだ。それなりに優秀なのだとは思うが、それだってオメガなのだからたかが知れているだろう。性格だって、王太子妃の座につこうというくらいなのだ。強か（したた）で、計算高いに決まっている。

そんなふうに思っていたのだが。

しかし、実際のカイはマテウスの想像とは随分違っており、気立てもかなりよかった。

その日たまたま学内にあるカフェテラスで休憩をしていると、ちょうどそこにカイが姿を見せた。

死角になっているのをいいことに、ついマテウスはカイに視線を向けてしまう。

友人であるオーリーは隣にいないようで、珍しく一人でいた。

声をかけようか、という好奇心が起きなかったわけではない。どんなに否定しても、自分がカイのことが気になっているのは明らかだった。

誰かを探しているのか、きょろきょろとカイは顔を動かしている。

顔立ちこそ美しいカイだが、こういったところは全く気取った様子がない。

カイがカフェテラスにいることに気づいたのだろう。数名の生徒が互いに耳打ちすると、席を立ってカイのところまで歩いていく。

「これはこれは、ウィンスター君じゃないですか。珍しく今日はお一人なんですね？」

「あ、あい……」

当然話しかけられて困っているのだろう。

「えっと、あなたは？」

エリックの婚約者であるカイは学内では有名人ではあるため、多くの生徒はカイのことを知っている。けれど、カイにとっては勿論そうではない。

「これは失礼しました。ジョージ・セントフォードといいます。まああなたはご存じ……」

「ああ、セントフォード公爵家のご子息ですね。初めまして」

おそらく、自分の顔を知らないカイに対し皮肉を言おうと思ったのだろう。けれどカイは笑顔でそんなジョージに対して微笑んだ。

「ま、まああなたがご存じないのは仕方がないと思いますよ。残念ながら、僕はあなたほど目立つ容姿は持っておりませんし。それにしても、さすが未来の王太子妃になられる方ですね、エリック殿下もあなたの美しさに惹かれたのでしょう」

カイの取りえなど容姿しかない、王太子妃に選ばれたのもそれが理由なんだろう、という失礼極まりないことをジョージは伝えたかったのだろう。

取り巻きのような生徒たちがニヤニヤと嫌な笑みを浮かべていた。

「気分を害されたのなら申し訳ありません。どこかでお会いしたのかもしれませんが、あまり人の顔を覚えるのが得意ではなくて」

明らかに感じのよくない生徒たちに対し、カイは気にすることなく答えた。さらに。

「エリック殿下が僕の美しさに惹かれたのかどうかはわかりませんが、王太子妃になるためには華やかな容姿よりも学識や教養が必要だと思います。そのためにも今後とも誠心誠意努力していきたいと思っています」

臆することなく、堂々と口にしたカイに対し、ジョージや他の生徒たちの顔があからさまに引きつった。

「カイ、ここにいたのか？」

「あ、オーリー」

オーリーもカイを探していたのだろう。慌てたようにカイのところまで歩いてきた。

「悪い、カフェで待ち合わせだって言ってたのに遅くなった。……何か話してたのか？」

オーリーが、カイの目の前にいる生徒たちに目配せをする。

「ああ、うん。自己紹介をしてもらっていたんだ。セントフォード公爵家のご子息のジョージさん。これからもどうぞよろ……あれ？」

カイが全てオーリーに説明し終わる前に、こそこそとジョージと、彼の取り巻きはその場から去っていった。

首を傾げるカイに、なんとなく何があったのか察したのだろう。オーリーが、カフェテラスを出るように促した。

……なんだ、意外とやるじゃないか。

容姿が繊細なこともあり、なんとなく儚げな性格だと思っていたのだが、そうではないようだ。相手の皮肉や嫌味に気づかないのは頭が悪いからではなく、それだけ素直な気性を持っているからだろう。

マテウスが思った以上に、カイは面白い性格をしている。同時に、これ以上深入りしてはいけないとも思う。

惹かれたところで、カイはエリックの婚約者なのだ。好きになっては、いけない相手だ。

それでも、マテウスのカイへの想いは日に日に募っていった。

＊＊＊

これ以上好きになっても仕方がない。そう思ってからは、マテウスはなるべくカイとの接点をなくそうとしていた。

元々学年が違うのだし、選択している科目だってそれほど多くはない。意識して会おうとしなければ、そんなに会う機会はないはずなのだ。

しかしたとえカイとマテウスに接点はなくとも、二人には懇意にしている人間がいた。マテウスの親友であるエリックはカイの婚約者なのだ。当たり前ではあるが、せっかく同じ学院内にいるのだ。ことあるごとに、エリックがカイを誘うため、自然とマテウスもカイと一緒にいることが多くなってしまった。

エリックだって、無理にマテウスを誘っているわけではないのだ。マテウスにだって断ることができた。それができなかったのは、マテウスもカイと一緒に過ごしたいという気持ちが心のどこかにあったからだ。

「うん、上手く書けてると思う。さすがカイ、よく調べてあるな」

食事が終わった後、カイが物理学のレポートに関してエリックに見せていた。

王立学院の入学試験は難しく、ある一定の学力が求められている。とはいえ、高位貴族の子弟である場合は少し試験の採点が甘くなる、というのが学院内では暗黙の了解となっていた。

将来の王太子妃ともなれば、王立学院を卒業したという経歴は必要になってくるはずだ。だから、てっきりカイもそういった周囲の事情や配慮によって入学が許可されたのだと思っていたのだが。意外なことに、カイはとても優秀な生徒だった。

「ありがとう、エリック」

「カイ、ずっと図書館に籠(こも)りきりだったんですよ」

カイが嬉しそうに礼を言えば、オーリーが補うように言葉を付け加えた。

なるほど。ここ最近は食事を終えると早々にオーリーとともに学食を後にしていたのは、そういうことだったのか。

「物理学は公式が多いから……覚えるだけでも時間がかかっちゃって」

照れたような表情でカイは言った。

確かに、カイはオメガであるため、他のアルファに比べれば暗記力や思考力が多少劣っているのかもしれない。おそらく、努力でそれらを全て補っているのだろう。

思えば他のオメガのように、オメガなのだから仕方ない、という言葉をカイの口から聞いたことは一度もなかった。

体力的にも知力的にも生まれつきオメガは劣っていることが多いため、言い訳をしたくなるのもわからない話ではない。

　けれど、カイはオメガであることを理由に卑屈になったり、必要以上に自虐的になったりもしていなかった。潔く自分のバース性を受け入れ、できることをしている。その様を、とても潔いとマテウスは思った。

「別に、覚えなくても自分で計算すればいいだろう」

　三人の話を黙って聞いていたマテウスが口を挟む。思ったことを言っただけなのだが、皆それぞれに複雑そうな顔をした。

「マテウス、短時間でそれができるのはお前くらいだ」

「理論上はわかるんですけどね……」

　エリックが苦笑いを浮かべれば、オーリーが同調するように頷いた。

「え？　だけど公式に当てはめた方が早いよ？」

　その中で唯一、カイだけはマテウスに感心しつつも他の意見を言った。

　確かにカイの言う通りではあるのだが、まさかここで反論されるとは思わず、少しばかりマテウスは面食らう。控えめなようで、カイは意外と自分の意見はしっかり言う方だ。

「……見せてみろ」

　なんとなく面白くなく、エリックからカイの手に戻されたレポートに手を差し出す。

「読んでくれるの？」

マテウスが素直に褒めることはないとわかっているはずなのに、なぜかカイは嬉しそうだった。頷いて受け取り、レポートに目を通す。

カイらしい丁寧な文字で書かれたレポートは理路整然としていて無駄がなかった。これだけ書ける学生は、学院内でもなかなかいないだろう。

「悪くはないが……」

そう言いながらも、いくつか気になった部分のダメ出しを行う。エリックのように、手放しで褒めた方がカイは喜ぶであろうことはわかっている。オーリーの話を聞く限り、それこそ何日もかけて書いたレポートなのだ。

それでも、だからこそマテウスは自分の意見を忌憚なく言うべきだと思った。

さすがに手厳しすぎたのか、マテウスが指摘するたびにカイの表情が少しずつ曇っていくのがわかった。ただし、そうしながらもしっかりマテウスの話を聞き、頷いていた。

ここまで辛辣に言う必要はなかったかと自分でも思ったため、少しばかり決まりが悪い。

「マテウス……大学の研究室のレポートじゃないんだから、そこまで言う必要はないんじゃないか？」

カイを可哀そうに思ったのか、エリックが助け舟を出した。高等学校のレベルなら十分だと付け加えながら。

「いや、いいんだエリック。ありがとうマテウス。すごく勉強になったよ」

目に見えて沈みながらも、カイは最後までマテウスの話を聞き、礼をしっかりと言った。

「ただ、書き直す時間はなさそうだから、このまま提出してくるね」

そう言うとカイはマテウスの手からレポートを受け取り、そのまま学食の出入り口へと向かっていった。

「あ、俺も一緒に行くよ」

慌ててエリックが立ち上がり、カイの後を追いかけていく。さすがにカイも落ち込んでいるだろうし、心配なのだろう。

二人の後ろ姿を見つめていると、ふと斜め前から視線を感じた。

「なんだ？」

「あの……もう少しカイに対して優しくなれないんですか？」

カイの隣にいつもいる青年はどちらかというとおとなしく、これまで自分からマテウスに話しかけてきたことは一度もなかった。

オーリーとしては、それくらい今のマテウスの言動が気に食わなかったのだろう。

「よくできましたと褒めた方がよかったか？」

「そういうことじゃなくて、もう少し言い方が……あれだけのレポートが書けるのはすごいと思いますよ」

「オメガなのに、か？」

鋭いマテウスの指摘に、一瞬オーリーの顔が強張った。

「確かにそうだな。オメガであれだけのレポートが書ける人間はなかなかいないだろう。だが、アルファならそれほど珍しくはない。オメガだからと条件付きで褒められて、あいつは嬉しいと思うか？」

エリックから褒められた時、カイは確かに嬉しそうな顔をしていた。けれど、その表情は少しだけ寂しそうにも見えた。

おそらく、カイもわかっているはずだ。エリックやオーリーが自身を褒めるのは、オメガとして見ているからだと。

「マテウス……もしかしてあなたはカイのことが……」

驚いたような表情で、オーリーがマテウスを見つめた。けれど続けようとした言葉を慌てて止め、小さく咳払い（せきばらい）をする。

「すみません、出すぎたことを言いました」

「別に、気にしていない」

マテウスがそう言うと、オーリーはどこかホッとしたような顔をした。少しの間、沈黙が流れる。

「だけど、やっぱりマテウスはすごいですね。カイのレポート、かなり良い出来だったのに、あれだけの意見が言えるなんて。将来は研究職でも目指してるんですか？」

話題を変えたかったのだろう。オーリーの問いに、素直にマテウスは答えた。

「まさか。なりたいものは他にあるからな」

「え？　そうなんですか」

それほど興味がないのか、マテウスの将来に関してはそれ以上オーリーが聞いてくることはなかった。

そうこうしているうちに、カイとエリックが食堂へと戻ってくる。


研究職、ね……。

そんなことに興味はなかった。ずっと部屋の中で研究をしているなど、自分の性にあわないだろう。それに何より、マテウスには、他になりたいものがあった。

記憶の中、きらきらとした瞳で、飛行艇を見つめていたカイの姿を思い出す。

もし自分がパイロットになれば、あんなふうにカイは自分のことを見つめてくれるだろうか。

マテウスはそれを想像すると小さく笑み、目の前のカップに口をつけた。

終

あとがき

はじめまして、またはこんにちは。はなのみやこです。

ラルーナ文庫さんから四冊目の本を出していただきました。トータル的には十冊目の紙書籍になります。

物語を考えるのが大好きなので、書かせていただけてとても幸せです。読んでくださってる皆様のお陰です、本当に、ありがとうございます。

今回はオメガバース×スチームパンクです！　ヴィクトリア朝よりも少し時代設定は後なのですが。クラシカルな衣装と機械の組み合わせって浪漫がありますよね。大好きな世界観なので、とても楽しかったです。

今回の主役二人ですが。カイはオメガですが、私の書く受にしてはちょっと気が強いタイプです。マテウスは、珍しく少し捻くれたタイプなのですが、受を溺愛しているところはいつも通りです（笑）

せっかくのオメガバースだし、可愛い赤ちゃんを出したいな、と思っていたのですが。二人の恋愛部分が長くなりすぎて、最後少しだけになってしまいました。イラストのウィリーがとても可愛いので、もっと出したかった！　と少し後悔しております。『トップガン』を見た直後だったこともあり、「パイロット！　攻はパイロットがいいです！」という我儘を快諾してくださった担当F様。いつもありがとうございます。

凛々しいマテウスと美人なカイを描いてくださった木村タケトキ先生。イラストを見せていただくたびにとても嬉しかったです。ありがとうございます。

そしてこの本を手に取ってくださった皆様。楽しんでいただけましたでしょうか？　最初にも書きましたが、作家を続けられているのは皆様のお陰です。本当に、いつもありがとうございます。

また、どこかでお会いできましたら幸いです。

令和五年　冬　はなのみやこ

本作品は書き下ろしです。

ラルーナ文庫

この本を読んでのご意見・ご感想・ファンレターなどお待ちしております。〒110-0015 東京都台東区東上野3-30-1 東上野ビル7階 株式会社シーラボ「ラルーナ文庫編集部」気付でお送りください。

発情(はつじょう)できないオメガとアルファの英雄(えいゆう)

2023年4月7日　第1刷発行

著　　者｜はなのみやこ
装丁・DTP｜萩原 七唱
発 行 人｜曺 仁警
発 行 所｜株式会社 シーラボ
〒110-0015　東京都台東区東上野3-30-1　東上野ビル7階
電話　03-5830-3474／FAX　03-5830-3574
http://lalunabunko.com
発 売 元｜株式会社 三交社（共同出版社・流通責任出版社）
〒110-0015　東京都台東区東上野1-7-15
ヒューリック東上野一丁目ビル3階
電話　03-5826-4424／FAX　03-5826-4425
印刷・製本｜中央精版印刷株式会社

　ISBN978-4-8155-3280-2